Mike Meto Mettke

Herzflug

Roman

Copyright: © 2016 Mike Meto Mettke
Umschlaggestaltung & Satz: Sabine Abels
Titelbild: © MP_P - Fotolia.com
www.e-book-erstellung.de

Verlag: tredition GmbH, Hamburg
Printed in Germany

Das Werk, einschließlich seiner Teile, ist urheberrechtlich geschützt. Jede Verwertung ist ohne Zustimmung des Verlages und des Autors unzulässig. Dies gilt insbesondere für die elektronische oder sonstige Vervielfältigung, Übersetzung, Verbreitung und öffentliche Zugänglichmachung.

Bibliografische Information der Deutschen Nationalbibliothek:
Die Deutsche Nationalbibliothek verzeichnet diese Publikation in der Deutschen Nationalbibliografie; detaillierte bibliografische Daten sind im Internet über http://dnb.d-nb.de abrufbar.

Für Uta

"Liebe ist eine Wette gegen den Tod."

Am Tag, als die Flugzeuge in die Türme flogen, befand sie sich in einer Boeing hoch über dem Atlantik, und er schlief.

Vor Stunden hatte sie noch im Flur vor dem Spiegel gestanden, in ihrer nachtblauen Uniform mit den goldenen Litzen, und sich zurechtgemacht, während er wie immer alle Anstrengung aufbrachte, um seine Nervosität zu verbergen. Meist hielt er sich dann damit auf, den Koffer zum Auto herunterzutragen oder die Wohnung nach Dingen zu inspizieren, die sie nicht vergessen durfte. Namensspange oder ID-Card – es blieb für ihn unfaßbar, daß sie mit seinem Namen durch die Welt flog und unterschrieb –, das Portemonnaie für den Bordverkauf, Paß, Catering Instruction Manual, Taschenrechner, Schlüssel, Handy – eine Checkliste der Insignien ihres Berufes.

Ihre Unbekümmertheit, von der er sich sonst gern anstecken ließ und die zu trüben er sich verbot, entwarf ein Abschiedslächeln voll Zuversicht und vorweggenommener Wiedersehensfreude, das er sich wie ein Medaillon vor Augen hielt, wenn er an die Grenzen fruchtloser Grübeleien gelangte. Sie schrieb ihm noch rasch die Telefonnummer des Hotels auf, unter der er sie erreichen konnte. Strich ihm über die Wange. Er hielt ihre Hand dort fest. Nur für Sekunden.

„Alles in Ordnung, Schätzchen?", fragte sie.

Da war der jedesmal verschwiegene Wunsch, sie aufzuhalten, nicht gehen zu lassen. Absurd in seiner Dringlichkeit. Verhindern, daß etwas Unabänderliches seinen Verlauf nahm, von dem man nicht wußte, was es war, das in seiner Nicht-Greifbarkeit aber umso furchterregender wirkte.

„Alles in Ordnung", sagte er.

Ein letzter Kuß mit offenen Augen.

Und die Wohnung wurde leer.

Wenn er nicht in die Universität mußte, verkroch er sich dann im Bett, um mit einem Schlaf das überreizte Bewußtsein einer Welt lauernder Gefahren zu löschen.

Laura schob den Trolley durch den Gang und sammelte die Tabletts ein. Hinter ihr drängelte bereits eine Schlange von Passagieren, die zur Toilette wollten. Sie hörte die ungeduldigen Stimmen der Pauschaltouristen, ihre halblauten Bemerkungen über enge Gänge, Sitzabstände und Thrombosen mangels Bewegung, und sie erinnerte sich an die Skepsis Pauls, wie gesunde Menschen, die nicht mal ihre Toilettenbesuche zeitlich zu koordinieren vermochten, in einem Havariefall gerettet werden sollten.

Wenn es sich einrichten ließ, nahm sie Paul bei längeren Umläufen mit. Ein kostengünstiges Privileg, das ihr Beruf mit sich brachte und das sie beide genossen. Paul war ein geduldiger und anspruchsloser Begleiter, der sich nie langweilte. Er nannte ihre Kurzreisen *anthropologische Studienausflüge*, und auch wenn sie sein unverhohlenes Beobachten manchmal eher an einen Insektenforscher denken ließ und gelegentlich störte, war sie sich Pauls Verständnis und Anteilnahme *ihr* gegenüber stets sicher. Und sie wußte immer, wo er war. Buchstäblich. Selbst in einem abgedunkelten Flugzeug würde sie sofort seinen Sitzplatz finden.
Dort, wo die Leselampe niemals verlöschte.

Ein knallbuntes Hawaii-Hemd versuchte mit Wucht vorbeizukommen und blieb zwischen Trolley und Sitzlehne stecken. Der Bauch ließ sich nur unwesentlich einziehen.

„Es ist dringend, Fräulein", japste sein Besitzer kleinlaut.

„Das ist es immer", erwiderte Laura freundlich, löste die Bremse des Trolleys und bugsierte ihn zur Galley.
Die Warteschlange rückte nach und belagerte die Toiletten.

Laura wartete einen Moment ab, um ihre Arbeit fortzusetzen zu können, als Anita, die Purserette, aus dem Cockpit eilte und hektisch den Vorhang zuzog. Sie steckte sich fahrig eine Zigarette an und starrte Laura konsterniert an.

„Mein Gott", flüsterte sie, und Laura sah in ihren Augen blankes Entsetzen.

Paul erwachte, honigfarbenes Licht sickerte durch die Lamellen der Jalousien, sein Arm strich über Lauras verwaiste Bettseite, aber er fühlte sich jetzt besser und verspürte sogar Hunger.

Er zog sich an und verließ die Wohnung, um im Supermarkt etwas einzukaufen. Später würde er ein paar Semesterarbeiten kontrollieren und das morgige Seminar vorbereiten. Die Alltagsroutine war für ihn wie die Rettungsweste unter einem Flugzeugsitz – ihr Wert eher psychologischer Natur.

Bevor Laura in Pauls Leben getreten war, hatte er geglaubt, die Anatomie der Angst zu kennen. Er hatte sie studiert, nicht akademisch, sondern indem er sich ihr wiederholt und extrem aussetzte. Mit seinem Freund Thomas war er in den Hochgebirgen unterwegs gewesen, in den Alpen, Anden und im Himalaya, um herauszufinden, wie weit man gehen konnte. Sie hatten gespielt und Glück gehabt.

Paul war aus den Bergen mit einer Gelassenheit zurückgekehrt, die auf einer Fehleinschätzung beruhte, wie er seit Laura wußte. Sie bezog sich ausschließlich auf ihn selbst und funktionierte nur, wenn man allein blieb. Anfänglich hatte er seine Beunruhigung für schlichte Sorge gehalten, für ein Symptom der Verliebtheit, ehe er sich der Tatsache stellte, daß es eine Angst war, die man nicht kletternd bezwang. Erschwert wurde diese Einsicht durch Lauras heiteres Wesen, ihre Leichtigkeit und unverstellte Lebensfreude. Von ihr ging nichts aus, was Anlaß zu Angst gegeben hätte.

Auf dem Parkplatz vor dem Supermarkt trafen die ersten Vorboten des Feierabendverkehrs ein, Einkaufswagen verschwanden rasselnd hinter automatischen Türen.

Paul sah in den Himmel. Ein Kondensstreifen zog sich als feiner Schnitt in das klare Blau, das Flugzeug funkelte in der späten Sonne wie eine glühende Messerspitze.

Im Supermarkt arbeitete er zwischen den Regalreihen zügig seine kurze Einkaufsliste ab, immun gegen Sonderangebote und die Vielfalt möglicher Alternativen. Wenn Laura weg war, reduzierten sich Pauls Eßgewohnheiten auf eine reine Nahrungsaufnahme.

Während er an der Kasse anstand, beobachtete er die Leute. Es schien ihm, als wären sie heute kontaktfreudiger, mehr als sonst waren in Gespräche verstrickt, aber das konnte täuschen – eine Momentaufnahme ohne Aussagewert.

„Das kann man sich gar nicht vorstellen", sagte die Kassiererin zu einer älteren Frau vor ihm, deren Einkäufe sie über den Scanner zog. Paul hing dem Gesprächsfetzen nach, ohne Neugier auf den Zusammenhang.

Für ihn verriet das lediglich einen Mangel an Phantasie. Andererseits, was gäbe er dafür, sich nicht immer alles bis ins Detail vorstellen zu *müssen*?

Er verlor sich im Piepsen des Scanners, ein unregelmäßiger Herzrhythmus.

Wieder in der Wohnung, stellte er ein Fertiggericht in die Mikrowelle und machte den Fernseher an.

Laura betrat das Cockpit, bei Tage der hellste Ort im ganzen Flugzeug, eine mit Traumlicht geflutete Kapsel. Der Kopilot nahm ihr die Getränke ab. Er trug seine Pilotenbrille und wirkte immer ein bißchen angeberisch, wie ein kleiner Junge, der das alles nur spielt. Vielleicht lag es daran, daß er etwas kleinwüchsig geraten war und deshalb normale Gesten zu dick aufgetragen schienen.

„Schöne Scheiße", murmelte er, und Laura sah die Anspannung in seinen Mundwinkeln.
Der Kapitän lauschte dem Funkverkehr in seinen Kopfhörern.
Er war wesentlich älter und stand kurz vor der Pensionierung. Im Umgang mit dem Kabinenpersonal benahm er sich förmlich und zurückhaltend, Laura kannte ihn schon seit *Interflug*-Tagen.
Wenn man ihn in Badehose am Strand irgendeines Crew-Hotels sah, erweckte er fast Mitleid, aber Laura wußte, daß er Lehrbücher geschrieben und einmal sogar eine ausrangierte *Tupolew*-Linienmaschine auf einer großen Wiese gelandet hatte, wo sie zu einem Restaurant zu Ehren Otto Lilienthals umfunktioniert werden sollte.

„Müssen wir zurück?", fragte Laura. Sie empfand kaum Angst, trotz der unglaublichen Vorkommnisse, die die Purserette vorhin mitgeteilt hatte. Es hörte sich an wie die Nachricht von einem katastrophalen Erdbeben in China. Der Schrecken blieb auf einer unpersönlichen Ebene. Sie flogen nach Kuba, und New York schien immer noch weit genug weg.

„Vielleicht werden wir umgeleitet", sagte der Kopilot, „aber ich will da hinten keine Panik, klar?" Er sprach, als läse er aus einem Drehbuch vor.

Der Kapitän bedachte die Äußerung seines Kollegen mit einem gequälten Gesichtsausdruck.

Laura verkniff sich ein Lächeln.

„Klar", sagte sie. „Braucht ihr sonst noch was?"

Der Kopilot verneinte mit einer albernen Scheibenwischerbewegung seines Zeigefingers.

„Schicken Sie mir mal bitte meine Frau rein, Laura", sagte der Kapitän. Die Frau des Kapitäns, eine Russin, stand meistens kettenrauchend in der Galley und quasselte jeden voll, der Pause machen wollte. Laura verstand.

In der jetzt verqualmten Galley redeten alle durcheinander, die Frau des Kapitäns nur eine davon.

Laura sagte ihr Bescheid und hörte dann eine Weile zu.

Alle hatten das gleiche wenige Wissen, das aus dem Cockpit kam, aber die Spekulationen wuchsen je nach Veranlagung und Temperament. Es waren Vorstellungen ohne Bilder, und Laura versuchte, sich New York ins Gedächtnis zu rufen. Nicht als Filmkulisse, sondern als die Stadt, die sie mit Paul erkundet hatte, und vor ihm mit Ray, dem Saxophonisten, in den Jazzkellern und Klubs, und mit ihrer Schwester, die dort immer noch lebte und arbeitete. Der Gedanke an ihre Schwester überfiel sie plötzlich und mit heftiger Schärfe. Wie konnte sie etwas so Naheliegendes ausgeblendet haben?

Sie verschwand schnell in der freien Toilette der Business-Class.

Dort hielt sie sich mit beiden Händen am schmalen Waschtisch fest, ihre Beine fühlten sich merkwürdig taub an.

Für einen Moment fürchtete sie wegzusacken, sie atmete tief und bewegte ihre Zehen. Der kurze Schwächeanfall ging vorüber, und sie blickte in den Spiegel. Eine leichte Blässe lag auf ihrem Gesicht und sie machte sich daran, ihr Make-up aufzufrischen. Wie groß war die Wahrscheinlichkeit, daß ihrer Schwester etwas zugestoßen sein konnte? Ließ sich so etwas berechnen? Die Flügel eines Schmetterlings in China konnten eine Blüte streifen und dadurch einen Hurrikan in der Karibik auslösen. Angeblich. Paul mochte solche Gedankenspiele. Laura konnte damit nicht viel anfangen. Wozu sollte man die Wahrscheinlichkeit möglicher Schrecken berechnen? Änderte das etwas am Ablauf der Dinge? Um Angst zu haben, mußte Laura in einer realen Situation sein, die Gefahr allen Sinnen zugänglich. Sie war so ganz anders als Paul. Neulich hatte sie ihn deshalb gefragt, warum er sie liebe. Seine Antwort kam ohne Zögern: „Weil du eine Frau bist, der das Leben gelingt."

CNN. Breaking News. Ein Trailer für einen Sci-Fi-Thriller, dachte Paul. Ein Nachrichtenspiel wie von Orson Welles.
Der Krieg der Welten. Diesmal im Fernsehen.
Oder doch eine Doku-Computeranimation?
Der Reisklumpen, den Paul seit geraumer Weile unzerkaut im Mund hatte, quoll gegen den Gaumen. Langsam tropften die Informationen in sein Hirn, ohne sich zu einem Verständnis zu fügen. Er spuckte den Reisklumpen aus und stierte wie hypnotisiert auf die flimmernden Bilderschleifen. Immer wieder stürzten die Türme ein.
Wilde Gerüchte wurden kolportiert. Noch waren zahllose Flugzeuge in der Luft, der getroffene Kontinent vielleicht mehr als ein Reiseziel.

"Laura", flüsterte Paul.

Er versuchte, in der Einsatzzentrale in Frankfurt anzurufen, geriet aber jedesmal an dieselbe entrückte Tonbandstimme. *Bitte warten Sie.* Es hörte sich an, als stünde die Frau unter Drogen.

Er probierte die Handynummer von Lauras Schwester. Die Leitung war tot. Er kam nicht mal auf die Mailbox.

Für Lauras Crewhotel in Kuba war es noch zu früh.

Um sich zu beschäftigen, schaltete er den Computer ein und checkte seine E-Mails. Er hatte nur Werbemüll, irgendjemand lockte mit Bonusmeilen. Er ging wieder offline, damit das Telefon frei blieb. Saß vor dem Monitor, wo der Bildschirmschoner dreidimensionale Rohrgeflechte aufbaute.

So also sah die totale Kommunikation aus, wenn etwas schiefging. Sein Blick fiel auf das Foto über dem Schreibtisch. Laura und Paul auf der Brooklyn-Bridge.

Im Hintergrund die Twin Towers. Laura lachte fröhlich, weil der Schwarze, den sie um eine Aufnahme gebeten hatten, Faxen machte. Pauls Gesicht blieb etwas unscharf. Die Augen zusammengekniffen, blinzelte er in die Sonne.

Einen Tag später fuhren sie zur Aussichtsplattform des Südturms hinauf; spontan, nur weil sie gerade vorbeikamen und keine Warteschlangen wie am Empire State Building abschreckten.

„Na los, wer weiß, ob wir noch mal so einfach Gelegenheit dazu kriegen", hatte Paul Laura überzeugt. Natürlich gründete sich seine Äußerung nicht im Geringsten auf düsteren Vorahnungen, er hatte lediglich das gemeinsame Erlebnis im Sinn. Ihre Liebe war drei Wochen alt und noch mehr ein Versprechen als feste Gewißheit. Oben ertappte sich Paul dabei, daß er wie ein Touristenführer über Ellis Island, die *Insel der Tränen*, dozierte, während Laura ihre Stirn an die Scheibe preßte und auf den glitzernden Hudson River schaute.

„Merkst du, wie es schwankt?", fragte Laura. Paul schmiegte sich an sie und beschloß, nicht zu glauben, was er dachte: daß alles, was man zu hoch baute, schwanken mußte.

Ihre ganze New York-Reise kam Paul wie ein Wintermärchen vor, was nicht nur am Schnee lag, der die brüllende Stadt zu besänftigen schien und ihr eine Unschuld verlieh, die sich auf ihre Bewohner übertrug, sondern vor allem an Laura. In ihrem pelzbesetzten Wintermantel, den sie auf einem Flohmarkt erworben hatte, wirkte sie wie Audrey Hepburn in der Rolle einer russischen Prinzessin. Ausgelassen zog sie ihn an der Hand über die Straßen, ignorierte jedes *Don't walk* der Ampeln, ihre langen dunklen Haare von der Kapuze kaum zu bändigen, atemlos lachend und dennoch von bezaubernder Unkompliziertheit.

In einem Sportgeschäft kauften sie sich Schlittschuhe, um im Central Park Eis zu laufen, und Paul ließ alles mit sich machen, ein lernwilliger Tanzbär auf Kufen, der seine Schwere vergaß und darüber staunte, was ihm geschah.

Paul beobachtete die Reaktionen der Menschen auf Lauras außergewöhnliche Schönheit, nicht um sich ihres Wertes als Trophäe zu versichern, sondern um zu verstehen, warum diese Schönheit nicht distanzierte oder Gefühle wie Neid und Eifersucht auslöste. Ihn überraschte vor allem das Verhalten anderer Frauen, bei denen er zumindest unterschwellige Rivalität vermutet hätte. Nichts dergleichen war erkennbar, und vielleicht lag das an Lauras *Selbstvergessenheit*.

Lauras manchmal frappierende Ähnlichkeit mit Audrey Hepburn ließ Paul auf die eingestandenermaßen verkitschte Idee kommen, zu Tiffany's zu gehen. Es war ihm selbst nicht ganz klar, was er zu beschwören versuchte, zumal er für sich in dieser Kino-Karaoke keine passende Rolle sah. So blieb er ein unberufener Begleiter, der in einer romantischen Komödie mit Holly Golightly zwischen den Schmuckvitrinen umherlaufen durfte, als wäre alles ein begehbarer Filmtraum.

Ungespielt war die Verblüffung in den Gesichtern einiger älterer Verkäufer. Ebenso Lauras Desinteresse an den angebotenen Preziosen.

Das Telefon klingelte wie ein Wecker und riß Paul jäh in die Gegenwart zurück.

Die Maschine landete pünktlich in Holguin. Laura stand am Ausgang und verabschiedete die sonnenhungrigen Passagiere, deren überreizte Hektik noch auf der Gangway von der tropischen Schwüle gebremst wurde und sie wie bunte Vögel mit verklebtem Gefieder über das Flugfeld zur nahen Empfangshalle taumeln ließ.

Dann ging auch Laura mit der Crew von Bord.

Eine uniformierte Kubanerin geleitete sie zu einem separaten Eingang und beaufsichtigte mit strenger Miene, wie sie ihr Gepäck entgegennahmen. Laura schenkte ihr eine von den Rosen, die in einem reagenzglasähnlichen Kolben steckten und an First-Class-Passagiere verteilt wurden. Augenblicklich verwandelte sich der Gesichtsausdruck der Kubanerin, und sie bedankte sich mit einer Flut spanischer Wörter, die Laura nur zum Teil verstand und mit ein paar Floskeln zu erwidern versuchte.

Die Crew durchlief anstandslos die Paßkontrolle. Nichts deutete darauf hin, daß sich die Nachrichten aus der Yankee-Metropole verbreitet hätten.

Im Crewbus, der bis zum Hotel etwa anderthalb Stunden brauchen würde, warteten vor der Abfahrt alle auf eine Ansprache des Kapitäns. Sogar seine redselige Frau schaute ihn jetzt stumm an. Er erhob sich noch einmal von seinem Sitz, es kostete ihn sichtlich Mühe.

„Also", sagte er und räusperte sich. Laura sah, daß ihm wohl in erster Linie zu schaffen machte, etwas der Situation Angemessenes sagen zu müssen. In der Welt, in der er das Fliegen gelernt hatte, bestanden offiziöse Reden aus vorgestanzten und entpersönlichten Leerformeln, auf die man sich zurückziehen konnte. Seit zehn Jahren gab es eigentlich nur noch *Briefings*, die sich mit praktischen Abläufen befaßten und die er üblicherweise kurz und sachlich abwickeln konnte.

„Ich weiß im Moment auch nicht mehr als ich euch vorhin über Anita mitgeteilt habe", sagte er. Anita zupfte an ihrer Bluse. „Was Frankfurt durchgegeben hat, klingt... nicht gut, aber erst mal bleibt alles wie gehabt. Wenn sich die Informationslage klärt, sehen wir weiter. Am besten treffen wir uns zum Abendessen im Hotel. Anita?"

Anita nickte.

Der Kapitän schaute einen Moment lang auf seine Schuhspitzen und fügte dann leiser etwas hinzu, das in seinem Pathos nicht recht zu ihm paßte: „Manchmal wird die Welt ganz plötzlich aus den Angeln gehoben..." So wie er das sagte, hörte es sich an, als hätte er Ähnliches schon mal erlebt.

Er drehte sich abrupt zum Busfahrer um.

„*Vamos?*", fragte der Fahrer.

„*Vamos!*", kam der Kopilot dem Kapitän zuvor.

Laura saß am Fenster und sah mit leichtem Bedauern, wie sie an den Obstständen der kubanischen Bauern vorbeirasten.

Heute würden sie nicht wie sonst anhalten, um für einen Dollar einen Rucksack köstlicher Mangos mitzunehmen.

Anita neben ihr zog eine große Mineralwasserflasche aus der Tasche, die mit Sekt aus Bordbeständen gefüllt war. Sie verteilte wortlos ein paar Plastikbecher an die Crew und ließ die Flasche herumgehen. Der flapsige Trinkspruch, der sonst symbolisch die Freizeit nach einem anstrengenden Flug einläutete, entfiel diesmal, sie stieß aber kurz mit Laura an. Dann zündete sie sich eine Zigarette an und inhalierte tief. Sie blies geräuschvoll den Rauch wieder aus und sagte so, daß es nur Laura hören konnte: „Weißt du was, gestern hat mich mein Mann verlassen."

Laura brauchte ein paar Sekunden, ehe sie den Inhalt von Anitas Bemerkung wirklich erfaßte. Obwohl ihr Verhältnis zu Anita nicht mehr als freundlich-kollegial war, schien es ihr die schrecklichste Nachricht des Tages.

„Einfach so?", fragte sie erschrocken.

„Nicht *einfach* so, aber er ist einfach *abgehauen*. Nach siebzehn Jahren. Es gibt eine Andere, jünger..." Sie zog hastig an ihrer Zigarette. „*Viel* jünger. Der Arsch." Sie dachte kurz nach. „Dabei ist sein *Arsch* auch nicht mehr knackig." Anita lachte bitter auf. Sie war Anfang Vierzig.

„Warum hast du dich nicht krank gemeldet?" Laura staunte, daß Anita unter diesen Umständen ihren Dienst angetreten hatte.

Anita schüttelte den Kopf. „Reisende soll man nicht aufhalten."

Laura fand, daß dieser Satz nicht eindeutig war, weil er sich sowohl auf Anita als auch auf ihren Mann beziehen konnte.

„Liebst du ihn denn noch?"

Wieder lachte Anita.

„Ach, Herzchen, nach siebzehn Jahren ist *das* wirklich nicht mehr der Punkt."

„Paul würde sagen, daß dieser Punkt gegeben sein *muß*, weil sonst alle Berechnungen sinnlos werden."

„Dein Paul ist entweder ein weltfremder Spinner oder Goldstaub."

„Wenn überhaupt, dann ist er ein Gold*barren*", sagte Laura.

„Das ist natürlich noch besser. Da wird er nicht gleich weggepustet."

Laura sah, daß Anita Tränen in den Augen hatte.

Der Bus bremste scharf und der Fahrer hupte wild.

Mitten auf der Fahrbahn stand ein mit Melonen beladener Eselskarren. Ein paar waren heruntergefallen und aufgeplatzt.

Ihr Fruchtfleisch wirkte wie grausame Wunden.

Paul nahm den Hörer ab. Sein Freund Thomas war dran.

Er wollte wissen, ob Laura unterwegs war.

„Kuba", sagte Paul. „Hoffentlich."

„Soll ich vorbeikommen?", fragte Thomas.

„Ich komm klar, danke."

„Mußt du noch zur Uni?"

„Morgen."

„Bin in einer Viertelstunde bei dir", sagte Thomas und hatte schon aufgelegt.

Über Thomas hatte Paul Laura kennengelernt. Thomas hatte mit ihr eine kurze Affäre, er kam bei Frauen besser an, war ein Mann des ersten

Augenblicks und überraschte durch charmante Entschlossenheit. Paul erinnerte sich an das erste Mal, daß er Laura gesehen hatte. Sie stand in einer hell erleuchteten Telefonzelle. Es war schon später Abend, und Thomas und er nach dem Training auf dem Heimweg. Eine zufällige Begegnung. Thomas klopfte an die Scheibe und Laura drehte sich um. Paul sah eine unerreichbar schöne Frau und bewunderte neidlos Thomas' Geschick. In Lauras Gesicht strahlte ungezierte Freude. Sie trat aus der Telefonzelle wie ein lebendig gewordenes Schaufenstermodell, küßte Thomas auf die Wange und hielt Paul eine bemerkenswert kräftige Hand hin. Später sollten ihre Hände der Anlaß eines ersten unbeholfenen Kompliments sein, das ihr Paul unter vier Augen machte. Sie nahm es mit leichter Verunsicherung auf, waren es doch ausgerechnet ihre Hände, die sie als unschön empfand.

Diesen Händen traue man zu, daß sie alles in den Griff bekommen, meinte Paul.

„Wir haben Hunger", sagte Thomas zu Laura. „Wie sieht's in deinem Kühlschrank aus?" Paul war Thomas' Selbsteinladung, die ihn einbezog, unangenehm. Und wegen solcher Vorbehalte würde er vermutlich auch nie an eine solche Klassefrau geraten.

Laura schien das nicht zu stören.

„Für einen Imbiß wird sich was finden", sagte sie lächelnd.

Es wurde ein fröhlicher Abend in Lauras Küche. Ein unverbindliches Flirten und eine halbernste Diskussion über *Die unerträgliche Leichtigkeit des Seins* von Milan Kundera.

Thomas hatte Laura das Buch mit dem Hinweis geschenkt, daß es alles enthalte, was man über das Verhältnis von Männern und Frauen wissen müsse. Es war seine Art den Frauen mitzuteilen, inwieweit er sich vereinnahmen lasse. Während Thomas scherzend über die Unterschiede der Geschlechter bei der Weltwahrnehmung sprach, schien es Paul, als erwarte Laura von ihm Widerspruch oder Beistand. Aber das kam für Paul in diesem Moment nicht in Frage. Aus Gründen der Loyalität und auch, weil Thomas' Ansichten sich mit den seinen weitgehend deckten. Sie waren Freunde, und wegen einer Frau hätten sie ihre Freundschaft niemals gefährdet.

Pauls anfängliche Zurückhaltung war es dann auch, die bei Laura einen Eindruck hinterlassen mußte, der sein Wesen nicht einfing.

Thomas und Laura trennten sich schmerzlos, es war mehr wie das Auseinandergehen nach einem Tanz, und so verlor auch Paul sie aus den Augen, obwohl sie ihm nie ganz aus dem Kopf ging.

Thomas und er setzten das ungebundene Leben fort, in dem einzig die Freiheit und die noch nicht allzu lange geöffnete Welt von Belang schienen. Sie planten ihre kleinen Expeditionen, fanden Möglichkeiten zur Finanzierung des Notwendigen und gefielen sich in ihrer Rolle des *Unterwegsseins*. Sie zelebrierten die Bedürfnislosigkeit im Alltäglichen und verschwendeten keinen Gedanken an Partnerschaften, deren Anker auf Ehe und Kinder hinausliefen. Seßhaftigkeit war ein Schimpfwort, Nomadentum ein Ideal an sich. Einzig ihre Selbstironie verhinderte das stille Hinübergleiten in eine Lebenslüge unter exotischen Vorzeichen.

Einmal, sie saßen auf dem Gipfel des Kilimanjaro im Schnee und beobachteten den Sonnenaufgang, fragte Paul aus einer plötzlichen Eingebung heraus, wer die schönste Frau gewesen sei, die er, Thomas, je gesehen habe. Thomas hatte nachgedacht und dann gesagt: „Filmstars und Covergirls gelten nicht, ja?" Und dann: „Jeder schreibt den Namen in den Schnee."

„Muß ich mit ihr geschlafen haben?", fragte Paul, aber da hatte er schon den Namen mit dem Pickel in den verharschten Schnee gekritzelt.

„Nicht unbedingt, aber *berührt* haben mußt du sie", sagte Thomas.

Neben ihren ausgestreckten Gamaschen hatte derselbe Name gestanden. *Laura*. Und sie hatten gelacht.

„Du solltest mit ihr schlafen", sagte Thomas. „Damit du sie aus dem Kopf bekommst."

Das hatte er dann getan, aber das Gegenteil war eingetreten. Drei Jahre später stand er wieder auf dem Gipfel des Kilimanjaro, diesmal mit Laura, und er hatte ihr einen Antrag gemacht, den sie bestimmt nicht romantisch empfinden konnte, weil sie höhenkrank nur an den Abstieg dachte.

Immerhin hatte sie Ja gesagt.

Es war das letzte Mal, daß er auf dem Gipfel eines Berges stand. Er war angekommen.

Im Foyer des Hotels brannten Fackeln und Kerzen. Der Generator war ausgefallen und es gab keinen Strom.

Nur vorübergehend, der Schaden werde bald behoben, wie der Manager versicherte. Anita verteilte die Zimmerschlüssel an die Crew. Ein paar Hotelangestellte schwärmten aus, um die Koffer auf die Zimmer zu bringen, aber Laura zog ihren Samsonite selbst durch das Labyrinth der Wege zu den Bungalows, weil es so schneller ging und sie sich auskannte.

Ein Gewitterguß war niedergegangen und es tröpfelte, wenn der Wind die Palmenfächer bewegte. Laura roch das Meer und den satten Duft der üppigen Vegetation und freute sich auf den Aufenthalt, obwohl ihr dies angesichts der Ereignisse ein wenig unmoralisch vorkam. Aber warum sollte man seine Empfindungen reglementieren, wenn dadurch nichts besser wurde?

Im Zimmer knipste sie ihre Maglite-Taschenlampe an, die sie für alle Fälle in ihrer Handtasche mitführte – ein Geschenk Pauls –, fand im Bad ein paar Kerzen und stellte sie auf die beiden Nachttische des großen Doppelbetts. Es wirkte richtig romantisch. Licht ist der wichtigste Raumgestalter, sagte Paul immer, der sich über Raumgestaltung sonst nicht gerade den Kopf zerbrach. Ihre gemeinsame Wohnung hatte *sie* eingerichtet.

Dann klappte sie ihren Koffer auf, schlüpfte aus ihrer Uniform und hängte die Sachen in den Schrank. Sie schaltete versuchsweise den Fernseher ein, der natürlich schwarz blieb.

Dann duschte sie.

Vor dem großen Schrankspiegel begutachtete sie nackt ihren flachen Bauch, drehte sich ins Profil und faßte ihre Hinterbacken an. Optimal fand man seinen Hintern ja nie, aber er war bestimmt auch noch kein Grund zum Wegrennen. Sie überlegte kurz, ob sie je in Anitas Lage geraten würde, verwarf den Gedanken aber. Es mußten schon vorher jede Menge Dinge schiefgelaufen sein, wenn am Ende der Hintern entschied. Andererseits, hatte es nicht Zeiten gegeben, wo solche profanen Dinge für den Anfang von etwas den Ausschlag gaben?

Laura streifte sich ein buntbedrucktes Chiffonkleid über und wirbelte einmal um die eigene Achse. Die Kerzen flackerten.

Sie dachte an Paul, sobald hier die Telefone wieder funktionierten, mußte sie ihn anrufen. Er machte sich garantiert Sorgen. Dabei war er alles andere als ängstlich.

Eine Gefahr, der man sich bewußt ist, kann man bewältigen, meinte er. In Pauls Gegenwart hatte sie sich immer sicher gefühlt. Sie erinnerte sich an ihre Jeeptour durch Afrika im Anschluß an die Besteigung des Kilimanjaro. Paul merkte man noch sein schlechtes Gewissen an, sie zu der Strapaze verleitet zu haben. Er hatte ihr nur einmal einen Eindruck seines vorangegangenen Lebens vermitteln wollen, von seiner Bergsteigerei und der Sucht nach absoluter Schönheit.

Sie hatte das verstanden. Aber es war ihr dabei so schlecht gegangen, daß sie von der Schönheit wenig mitbekommen hatte. Die Fahrt durch Tansania, Sambia, Namibia und Botswana ließ sie die Quälerei am Berg rasch vergessen, sie waren allein, nur mit einem Zelt unterwegs und übernachteten oft irgendwo im Busch oder der Steppe. Ein Zelt war ein sicherer Ort und nichts wirklich gefährlich, nur aufregend, wenn man sich an ein paar Regeln hielt. Regeln, die er zu kennen schien, und seine unerschütterliche Ruhe und Selbstsicherheit übertrugen sich auf sie. Nachts sah sie die wilden Tiere in der Nähe ihrer dünnhäutigen Stoffkapsel, und auch sie schienen diesen Regeln zu folgen – ein großes romantisches Abenteuer.

Sie waren glücklich gewesen, und sie hatten es gewußt.

Denn das war das Geheimnis: das Glück in dem Moment zu spüren, wo es einem widerfuhr. Nicht in der Rückschau, nicht nach Jahren, nicht im Vergleich mit einer vielleicht komplizierten Gegenwart, wie es so viele andere entdeckten.

Es klopfte.

Laura öffnete. Anita stand in der Tür. Sie hielt einen Sektkühler und schwankte leicht.

„Kleiner Aperitif vor dem Abendmahl? Tolles Kleid."

„Komm rein."

Laura holte zwei Gläser und sie setzten sich auf den Balkon.

Anita hatte Laura einen Bungalow am äußeren Ring der Hotelanlage mit fast unverstelltem Meerblick zugeschanzt.

Durch einen lockeren Palmengürtel sah man eine bewegte Schwärze, auf die der über dem Horizont aufgehende Mond ein paar funkelnde Splitter säte. Erste Sterne leuchteten in Wolkennischen. Anita bot Laura eine Zigarette an, und sie nahm sie. Eine Weile schwiegen sie und beobachteten, wie der Mond von einer Wolkenklinge halbiert wurde.

„Danke", sagte Anita schließlich.

„Wofür?", fragte Laura.

„Für deine Gegenwart", sagte Anita und füllte die Gläser.

„Für die Gegenwart eines fröhlichen Menschen", fügte sie ein wenig pathetisch hinzu. Sie mußte schon ein paar Gläser intus haben.

„Prost!"

„Salud!"

Laura zog an ihrer Zigarette und spürte die starke Wirkung. Sie war Gelegenheitsraucherin. Eigentlich rauchte sie nur mit Paul, wenn sie zum Abschluß eines erfüllten Tages in der Küche saßen und sich bei einem Glas Wein rituell von den kleinen Begebnissen ihrer Arbeit erzählten. Paul hörte sich selbst Belanglosigkeiten aufmerksam an, ohne daß Laura je den Eindruck hatte, daß es ihn langweilte.

„Schon komisch", sagte Anita. „Wir sitzen hier wie im Paradies und für andere Leute…" Sie schien den Faden zu verlieren.

„… Ist alles in Schutt und Asche", fuhr sie fort. „Leute wie du und ich…" Anita schüttelte sich in ihrem Sitz, als wollte sie den Gedanken mit Macht abwerfen.

„Ach, Laura", seufzte sie, „erzähl mir was Schönes, ich kann's brauchen."

„Was soll ich denn da erzählen?", fragte Laura.

„Erzähl von deinem *Goldbarren*."

„Von Paul?"

„Genau, von Paul. Wie habt ihr euch kennengelernt? Liebe auf den ersten Blick, schätze ich mal." Anita füllte die Gläser nach.

„Nein", sagte Laura. „So war's nicht. Ich hab ihn zweimal kennengelernt. Beim zweiten Mal war er ein Anderer. Oder nein." Laura überlegte. „Beim zweiten Mal hab ich ihn erst *erkannt*. In der Uni, bei einem Vortrag."

„In der Uni? Was hattest du mit einer Uni zu tun?"

Laura überhörte den spöttischen Unterton.

„Paul und ich sind uns in der Stadt über den Weg gelaufen. Nach drei Jahren oder so. Wir haben uns festgequatscht und plötzlich bemerkt, daß wir vom Leben dasselbe wollten.

Er hatte jetzt eine Assistentenstelle. Er lud mich zu einem Lichtbildervortrag im Rahmen einer Sommerakademie ein, den er halten sollte. Das war öffentlich. Ich war einfach neugierig und ging hin, dabei sagte mir das Thema nicht viel. *Interkulturelle Kommunikation.* Es waren erstaunlich viele Leute da. Er sah mich und umarmte mich zur Begrüßung. Ich fand ihn so… *warmherzig.* Ich dachte vorher, daß er ein kühler, distanzierter und pflichtbewußter Mensch sei…

Er trug *genagelte* Stiefel und ein Holzfällerhemd und trank aus einer Orangensaftflasche, aber da war mindestens zur Hälfte *Wodka* drin. Ich hab mich vor Überraschung fast verschluckt, als er mich davon kosten ließ. Er lachte, als hätte er meine Gedanken gelesen. Und am Morgen nach unserer ersten Nacht rief er in der Uni an und meldete sich einfach krank, weil er den Tag mit mir verbringen wollte. Das hat mich beeindruckt."

„Und *peng*, schon warst du verliebt", ließ sich Anita vernehmen.

„Nein", sagte Laura. „Er stellte mich seiner Mutter vor, und ich sah, wie sie miteinander umgingen. *Liebevoll.* Und ich fühlte mich gleich einbezogen. Und *da* verliebte ich mich endgültig in ihn."

„Und wenn sie nicht gestorben sind...", sagte Anita, aber ihre Stimme trug den Spott nicht.

„Erzähltes Glück ist eben langweilig", sagte Laura.

Anita schüttelte langsam den Kopf.
„Nein, man wird nur etwas neidisch. Oder fühlt sich ausgeschlossen... Es ist wie ein stummer Vorwurf für die, bei denen es schief geht. Und wenn man genug Erfahrungen gesammelt hat, traut man dem Frieden nie mehr ganz. Alles verändert sich, die Zeit nagt an allem, Leidenschaft, Unternehmungslust, Interesse... Bei euch nicht?"
Laura dachte nach. Natürlich war es mit Paul nicht mehr so wie am Anfang, aber sie empfand nicht, daß es deshalb schlechter war. Da war nur ein Gefühl beispielloser Zufriedenheit mit dem Leben und das Bedürfnis, einander wohlzutun. Warum wurde die Liebe immer nur an ihrem Anfang gemessen? Mußte sie an diesem Anspruch nicht zerbrechen?

„Keine Angst, daß sich dein Paul irgendwann eine Jüngere angelt?", hakte Anita nach, die in Lauras Schweigen wohl verborgene Zweifel vermutete. „An der Uni gibt's jede Menge Frischfleisch, denk ich mal, und dein Paul hat auch einen Schwanz in der Hose."

„Über so etwas denke ich nicht nach", sagte Laura. „Eifersucht macht häßlich. Die Versuchung ist nun mal in der Welt, und das kann man nicht ändern. Wir haben ja auch genug Gelegenheiten, oder? Paul sagt: Um schwimmen zu gehen, muß ich nicht mein Schiff versenken. Und er gibt mir das Gefühl, daß er das auch so meint."

„Schiff ahoi", sagte Anita mit schwerer Zunge und schwenkte die Flasche.

Durch die offene Glastür hörte man die Klimaanlage anspringen und dann Stimmen aus dem Fernseher.

Thomas umarmte Paul kurz und fest, „he Alter", und tänzelte dann in den Flur der Wohnung. Er war in Sportzeug.

„Los, zieh dich um, Mann, wir drehen ne Runde." Paul sah seinen Freund verständnislos an. Wenn er ihn nicht so gut gekannt hätte, wäre anzunehmen gewesen, daß Thomas den Ernst der Lage nicht begriff.

„Mir ist nicht nach Joggen", knurrte er.

„Eben deshalb", gab Thomas zurück. „Wer im Schnee sitzen bleibt, erfriert. Schon vergessen? Du kannst jetzt nichts tun. Ob du nun in der

Wohnung rumrennst oder den Auslauf verlängerst, was macht das schon? Frische Luft. Wir beide waren immer an der frischen Luft, wenn's brenzlig wurde, oder? Weck deine Instinkte." Er schlüpfte an Paul vorbei ins Wohnzimmer, warf einen kurzen Blick auf den laufenden Großbildfernseher und wandte sich dann demonstrativ ab. Vor dem Bücherregal, das die ganze Wandlänge von sechs Metern abdeckte, legte er den Kopf schräg und musterte scheinbar interessiert ein paar Buchrücken.

„Laura wäre jetzt schon umgezogen", hörte Paul.

Er blies die Backen auf. Wahrscheinlich. Er besann sich einen Augenblick und schlurfte schließlich ins Schlafzimmer. Dort nahm er seine Trainingsklamotten vom Wäscheständer und begann sich langsam umzukleiden. Aus dem Wohnzimmer brandete der Soundtrack der Katastrophe in Wellen, die sich an den Zimmerwänden brachen. Der Tieftöner grummelte bedrohlich. Es war, als tappte ein Elefant durch die Wohnung. Eines Tages würde man auch den Weltuntergang in Dolby Surround empfangen…

Paul ging zurück ins Wohnzimmer und schaltete den Fernseher aus. Thomas wog ein Buch in der Hand, dick wie ein Ziegel.

"Kampf der Kulturen", sagte er. „Könnte dein Fachgebiet überflüssig machen."

„Ist noch ein bißchen früh für Vorhersagen."

„Findest du? Ich glaube, da sind gerade ein paar ziemlich gewaltig eingeschlagen."

Paul schwieg.

Thomas versuchte, den Buchziegel wieder in die Bücherwand zu stecken, aber die Lücke schien jetzt zu eng.

Er gab auf und legte das Buch schulterzuckend auf den Glastisch.

Sie liefen in den dunklen Park hinein, wo ihnen niemand begegnete, umrundeten den Teich, dessen schwarzes Auge unbewegt in den Stadthimmel starrte und strebten dann zum Fluß, wo ein Uferweg ihre Laufstrecke fortsetzte.

Sie passierten das schwimmende Restaurant, seine Lichtgirlanden illuminierten schwach ein Wasserflugzeug, das gleich daneben vor sich hin dümpelte.

„Ab morgen braucht der Pilot einen Waffenschein", witzelte Thomas, aber Paul ging nicht darauf ein und bemühte sich, endlich seinen Laufrhythmus zu finden, was ihm heute ungewöhnlich schwerfiel.

„Laura ist bestimmt sicher gelandet, mach dir nicht so viele überflüssige Sorgen. Sie ist ein Glückskind."

Thomas stieß ihm aufmunternd in die Seite.

„Menschen wie ihr passiert nichts. Die haben einen persönlichen Schutzheiligen. Eher fliegst du von der Bücherleiter und brichst dir das Genick. In den Bergen kann dir das ja nicht mehr passieren."

„Wie beruhigend", keuchte Paul. Er ignorierte die eingeflochtene Spitze.

„Vielleicht arbeitet ihr Schutzpatron auch für zwei." Thomas ließ nichts unversucht, um ihn aufzuheitern.

Paul erinnerte Thomas an Lauras Schwester in Manhattan und daß er auch von ihr noch keine Nachricht habe. Laura hatte die beiden miteinander bekannt gemacht, als ihre Schwester anläßlich eines ihrer seltenen Elternbesuche in Deutschland auch ein paar Tage bei Paul und Laura zubrachte. Nicht ganz ohne kupplerische Hintergedanken, wie Laura freimütig zugab.
Allerdings war nichts daraus entstanden, obwohl sie durchaus Gefallen aneinander gefunden zu haben schienen.

Sie flattern noch, war Lauras Kommentar gewesen.

Thomas verlor seinen Elan und trabte einige Zeit schweigend neben ihm her.

Die helle Silhouette des Zementwerkes am anderen Ufer schob sich in ihr Blickfeld, eine gewaltig emporstrebende Industrieburg mit weiß wehenden Rauchstandarten. Man hörte einen Signalton, wie von einer Fanfare ausgestoßen, und spürte die Präsenz schierer Masse fast körperlich. Ein Gefühl ähnlich dem im Basislager am Fuß eines schneebedeckten Bergriesen; wenn die im Mondlicht bleiweiß schimmernden Wände eine Ahnung von der leblosen Gewalt abstrahlten, aus der sie vor undenklichen Zeiten hervorgegangen waren. Konfrontiert mit diesem eisigen Hauch der Ewigkeit verkümmerte das eigene Ansinnen, ja die bloße Gegenwart zu lächerlicher Hybris.

Es gab keinen Sinn an sich dort, es sei denn, man erfand einen. Mehr als einmal war Paul in diesen Momenten drauf und dran gewesen, seine Ausrüstung einzupacken und sich vom *Spielplatz der Helden*, vom Ort der Anmaßung zurückzuziehen. Und dennoch hatte er es nie getan. Vielleicht, weil er damals in jeder Beziehung frei gewesen war: frei von Angst, frei von Verantwortung und frei von Liebe.

Sie erreichten die Fähranlegestelle und unterbrachen ihren Lauf für ein paar Dehnungsübungen. Die Fähre lag am jenseitigen Ufer vertäut.

„Man darf sich von diesen paranoiden Schwachköpfen nicht in den Wahnsinn treiben lassen", sagte Thomas. „Das wäre das Schlimmste."

„Die Wirklichkeit übertrifft jede Paranoia", sagte Paul und hielt sich am Geländer fest.

„Weißt du eigentlich, was sich diese wichsenden Wuselbärte von ihrem Scheißparadies erhoffen?"

„Noch kann niemand genau sagen, ob es die Wuselbärte *waren*.
So exklusiv sind Zwangsvorstellungen bekanntlich nicht."

„Zweiundsiebzig Jungfrauen", fuhr Thomas unbeirrt fort. *„Jungfrauen*. Diese verklemmten Flachwichser können nämlich keine Kritik vertragen. Und weil sie in ihrem erbärmlichen Mittelalter keine Freificks bekommen, halluzinieren sie ihre unterdrückte Triebabfuhr ins Paradies. Wofür sie andere in die Hölle schicken müssen."

„Interessante Theorie."

„Scheiß auf die Theorie, ich rede von der *Praxis*."
Paul beobachtete, wie Thomas ein Bein hinter den Kopf zog. Eine Gelenkigkeit, die ihm bedauerlicherweise abging.
„Was wirst du morgen deinen Studenten erzählen? Ich meine, nach dem ganzen Betroffenheitsblabla… Wirst du Verständnis predigen oder eingestehen, daß das Projekt *Interkulturelle Kom-*

munikation gescheitert ist? Werdet ihr ne Lichterkette organisieren oder darüber nachdenken, ob es an der Zeit ist, eigene Werte offensiver zu verteidigen?" Thomas redete sich in Rage. „Wie heißt dein aktuelles Seminar?"

„*Fremdverstehen*", antwortete Paul. Er hatte Seitenstechen wie ein Anfänger.

„Na, toll. Schon mal darüber nachgedacht, ob die andere Seite auch *Fremdverstehen* will? Lade doch mal einen Mullah ein, da kriegst du ein paar Auslegungen, die deinen Studenten den Kopf waschen. Ansichten über Frauen…"

„Eigentlich denke ich jetzt nur an Laura", sagte Paul.

„Klar, Mann", sagte Thomas. Er stellte sein Bein wieder auf die Erde. „Sorry, daß ich mich so aufgespult habe. Aber mich hat diese unbarmherzige Selbstgerechtigkeit der Wohlmeinenden schon immer angekotzt. Diese Ahnungslosigkeit der Zuhausegebliebenen."

Er kreiste ein paarmal mit den Armen.

„Das *Prinzip Laura*…" Er kicherte. „Man sollte sie klonen und ihre Wiedergängerinnen ein neues Evangelium der Liebe verkünden lassen. Es gäbe kaum noch Probleme in der Welt, was? Du behältst natürlich das Original…"

Paul lächelte.

„Laß uns weiter... sonst wird mir kalt", sagte Thomas und blickte zur Fähre hinüber. Er hielt inne und es so sah aus, als schätzte er etwas ab. Er machte ein paar Schritte zum Ende des Anlegers.

„Wieso stellen die nachts eigentlich den Betrieb ein?"

„Weil es Brücken gibt", sagte Paul. „Tag und Nacht".

„*Immobilien*", sagte Thomas. „Stell dir vor, es gäbe sie nicht mehr..."

„Man müßte schwimmen", sagte Paul und begriff plötzlich, worauf sein Freund hinauswollte.

„Genau", sagte Thomas gedehnt, zog sich sein Hemd aus und wickelte es als Turban um den Kopf. Dann drehte er sich zu Paul um.

„Erinnerst du dich noch an die Zeit, als wir Mut hatten?"

Paul nickte, ging wie auf Kommando in die Knie und schnürte sich langsam die Schuhe auf.

„Als wäre es heute", sagte er.

„Es ist nur ein Fluß", sagte Thomas.

Nach und nach trafen die Mitglieder der Crew im Restaurant ein, wo man für sie ein paar Tische zusammengeschoben hatte. Betäubt von den ersten Fernsehbildern ließen sie sich matt auf den

Stühlen nieder, schweigend zueinanderkommend, wie eine Beerdigungsgesellschaft, die über den weiteren Verlauf im Unklaren gehalten wurde. Für die Verarbeitung des soeben Gesehenen entzog sich die Sprache. Jeder war auf sich selbst zurückgeworfen.

Niemand ergriff das Wort, die Blicke wichen sich aus, irrten unstet zur hohen Decke der palmstrohgedeckten Dining Hall, aus deren Halbdunkel sich Ventilatoren wie große Spinnen abzuseilen schienen. Feuerzeuge klickten. Eine junge Kollegin, mit der Laura noch nie geflogen war, weinte lautlos und tupfte unablässig ihre Wangen trocken. Das überbordende Büffet blieb unberührt. Es waren auch kaum Hotelgäste zu sehen. Der Kapitän faltete konzentriert seine Serviette in immer neuen Variationen.

Anita würde nicht mehr kommen. Sie war, mittlerweile betrunken, auf Lauras Bett eingeschlafen. Laura dachte an die ungeheuren Staubwolken, die die sich selbst verschluckenden Türme wie Vulkanasche ausgespien hatten. Sie konnte sich nicht genau erklären, woher der viele Staub herrührte. All diese Materialien wirkten im verbauten Zustand so glatt und solide. Ihre polierten Oberflächen glänzten und spiegelten. Marmor, Stahl, Glas und Granit. Man nahm nur blanke

Fassaden wahr. Solche Dinge konnten gewiß bersten, zersplittern, verbiegen und schmelzen, konnten zu Trümmern werden. Aber zu Staub? War das nicht nur eine biblische Redensart oder ein Bob-Dylan-Song, daß alles zu *Staub* zerfiel? *Dust in the wind…*
Die Menschen, die dem Inferno entronnen waren, trugen ein dickes Staub-Make-up, ihre Gesichter ähnelten den Erdmasken australischer Ureinwohner. So jedenfalls hatten es die Fernsehbilder erscheinen lassen.

Der Kapitän löste seine Aufmerksamkeit von der Serviette, die die Form einer brütenden Möwe angenommen hatte und schaute in die Runde. Sein Blick blieb an Laura hängen, und sie lächelte zwanglos. Er machte eine unmerkliche Kopfbewegung zum Büffet hin, worauf Laura aufstand.

Sie formte ein kleines ovales Reisbett auf ihrem Teller, legte ein Stück gegrillten Fisch darauf und beträufelte ihn mit dem Saft einer halben Limette. Um das Reisbett arrangierte sie einen Gemüserahmen, wobei sie sich mehr von farblicher als geschmacklicher Vorliebe leiten ließ. Eine Handvoll Nüsse ordnete sie zu einer geschwungenen Girlande, es sah aus wie ein Rosenkranz, eine eßbare Gebetskette…

Wieder am Tisch, richteten sich die Blicke ungläubig auf Lauras kulinarisches Emblem. Manche gaben sich indigniert, andere nur erstaunt. Jusuf, ein schmächtiger Türke mit tuntenhaften Manieren, kicherte im Falsett.

Der Kapitän nickte.

„So ist es richtig", sagte er bestimmt, schob die Serviettenmöwe beiseite und erhob sich.

Der Bann war gebrochen, und die Crew folgte, wenn auch noch zögerlich, seinem Beispiel.

Hay más tiempo que vida. Es gibt mehr Zeit als Leben.

Das hatte der Mann an der Rezeption auf Lauras Frage geantwortet, wie lange es dauern würde, bis auch die Telefone wieder funktionierten. Es war gut gemeint gewesen, sollte tröstend klingen, kaschierte jedoch nur seine Ahnungslosigkeit.

Laura ging zum Strand. Sie spürte jetzt die Müdigkeit wie eine schwere Wolldecke auf ihren Schultern, konnte sich aber noch nicht entschließen, zurück aufs Zimmer zu gehen.

Sie zog ihre Schuhe aus, stapfte durch den tiefen Sand, bis sie die Stelle erreichte, wo das Meer mit flachen Zungen am Inselsaum leckte. Der Wind hatte sich gelegt. Große Hurrikans kamen, wenn sie kamen, meist erst im Oktober oder November. Aber mit kleineren Wirbelstürmen mußte man schon ab Juni rechnen. Falls man überhaupt rechnete. Laura ertappte sich dabei, wie sie anfing, solche Überlegungen, die eher zu Paul paßten, in Betracht zu ziehen. In der Dominikanischen Republik war sie während eines *Layovers* einmal von einem Hurrikan überrascht worden. Sie hatten zwei Tage lang das Hotelzimmer nicht verlassen können, aber die Sache war glimpflich abgegangen, und sie erinnerte sich bloß an die vom Sturm niedergedrückten Palmen, die wie entfesselte Staubwedel den Boden zu fegen schienen.

Sie wünschte, Paul wäre hier. Er fehlte ihr. Sonst *freute* sie sich auf ihn, aber jetzt, jetzt in diesem Moment, *fehlte* er ihr. Zum ersten Mal. Und mit ihm seine Überzeugung von der Erkennbarkeit der Welt, an der man sich aufrichten konnte, wenn die Dinge unübersichtlich wurden. Paul, der komplizierteste Zusammenhänge in einfache Vergleiche überführte, als wäre die Welt ein mathematisches Problem, das man lösen konnte. Aber eigentlich sehnte sie sich jetzt nicht nach Erklärungen, nur nach seiner Anwesenheit und seiner Zärtlichkeit. Das wäre schon mehr als genug. Sie rief ihn sich ins Gedächtnis, rief ihn hierher nach Kuba, wo sie schon einmal zusammen zwei Wochen verbracht hatten, allerdings in

Havanna. Damals wohnten sie in einem billigen Hotel in der von Salz und Zeit zerfressenen Altstadt. Tagsüber streiften sie durch die Stadt wie gewöhnliche Touristen. Paul schleppte sie zu all den Orten, die mit Hemingway in Verbindung gebracht wurden. Sie tranken Daiquiries im *Floridita* und Mojitos in der *Bodeguita del Medio*, und Paul richtete es so ein, daß sie dort auftauchten, wenn fast niemand anderes da war. Hemingways Leben faszinierte ihn über alle Maßen, er schien jedes noch so unwichtige Detail zu kennen und erzählte ihr Geschichten über ihn, als erinnerte er sich an eigene Erlebnisse. Die Geschichten hörten sich in dieser Umgebung durchaus interessant an, hinterließen in Lauras Gedächtnis jedoch keine bleibenden Spuren. Es blieb Leben aus zweiter Hand. Einzig Hemingways im Hotel *Ambos Mundos* ausgestellte Schuhe prägten sich ihr ein. Riesige braune Sandalen.

Sie fuhren mit einem alten amerikanischen Straßenkreuzer nach Cojimar, einem kleinen Fischerdorf östlich von Havanna. Es war der Schauplatz des Romans, den ihr Paul zu lesen gab, und das Buch über den alten Mann hatte sie wirklich berührt.

Dort begegneten sie Gregorio Fuentes, Hemingways Bootsmann, in einem Restaurant, wo der über Hundertjährige auf Touristen wartete, mit denen er sich für Geld ablichten ließ. Es war ein trauriger Anblick, der auf die Basecap eingestickte Namenszug wirkte wie ein Preisschild, und dennoch hatte sie beim Lesen des Buches immer das sonnenfleckige Gesicht dieses alten Mannes vor Augen gehabt.

Am lebhaftesten erinnerte sich Laura an andere Dinge. An die illegalen Hinterzimmerlokale der Einheimischen, wo sie für zehn Dollar gewaltige Hummerportionen verschlangen.

Lagosta, flüsterten die Schlepper aus dunklen Hauseingängen. Zarter Hummer mit viel Knoblauch. Anstelle Ausblicke aufs Meer erhielt man kurze Einblicke in das alltägliche Leben einfacher Menschen, die trotz des allgegenwärtigen Mangels fröhlich wirkten. Oder das Feilschen um Rum und Zigarren, wenn man auf der Hut sein mußte, nicht minderer Qualität angedreht zu bekommen, wenn man freundlich, aber konsequent bleiben mußte.

Dann überließ ihr Paul bereitwillig das Feld und staunte über ihr Verhandlungsgeschick. Im Laufe der Zeit hatte sich zwischen ihnen ohnehin eine Art Arbeitsteilung für ihre Reisen herausgebildet. Paul wählte Reiseziele aus oder machte Vorschläge. Anschließend fraß er sich durch einen

Berg an Informationen und präsentierte ihr mögliche *Strategien*, wie er es nannte. Und auch dabei ging er natürlich streng logisch vor. Ob diese *Strategien* stimmten, konnte Laura nicht immer einschätzen, aber sie vertraute seiner Erfahrung und mußte nichts beweisen. Denn letztlich blieb es ihr vorbehalten, die Unternehmungen mit Leben zu erfüllen. Sie war es, die vor Ort die richtigen Leute traf und sich umhörte, neue Möglichkeiten auskundschaftete und darauf achtete, daß sie nicht nur von *A* nach *B* fuhren, sondern auch etwas *taten*. Sie fand die romantischen *Hideaways*, wo sich zu bleiben lohnte, sie organisierte Pferde oder Fahrräder, um die Umgebung zu durchstreifen, und sie auch war es, die sich mit unermüdlicher Neugier in das Getümmel der Märkte stürzte.

Er habe nie bessere Basislager erlebt, meinte Paul, wenn sie wieder einmal ein *Nest* gebaut hatte. Ihr Zusammensein verlief ohne Gereiztheiten oder Bevormundungen, Paul akzeptierte ihre Quirligkeit und sie störte sich nicht an seiner praktizierten *Entschleunigung*, wie er sich auszudrücken pflegte.

Sie genossen ihre Liebe in vollen Zügen, und das Privileg, dabei *in der Welt zu sein* und nicht dem abstumpfenden Alltag zum Opfer fallen zu müs-

sen, wirkte wie ein großer Verstärker. Nicht jeder konnte so leben, das war Laura klar.
Und jetzt? Würde sich mit dem heutigen Tag etwas daran ändern? Würden sie sich weiterhin frei in der Welt bewegen können oder brach nun ein neues Zeitalter an, in dem man ständig um sein Leben fürchten mußte. Würde in Zukunft langsam die Angst ihr Glück auffressen? Sie mochte nicht daran denken.

Der nasse Sand unter ihren Fußsohlen fühlte sich glatt und kühl an. Sie blickte auf das Meer, wo in lichtloser Tiefe Haie jagten, die nachts angeblich bis ans Ufer kamen.
Ihr fröstelte, und sie ging mit vorsichtigen Schritten in die Hotelanlage zurück.

Als sie wieder in der Wohnung waren, warf Paul ihre nassen Sachen in die Waschmaschine und suchte dann für Thomas ein frisches T-Shirt und eine Jeans aus seinem Kleiderschrank.

Während Thomas duschte, wählte Paul nochmals die Nummer in Frankfurt an, kam aber nicht durch. Enttäuscht wischte er die Pfützen im Flur auf. Flußwasser...

Das Durchschwimmen des Flusses hatte sie euphorisiert, wie es nur unvernünftige Dinge vermochten. Paul spürte seine verspannten Kiefer und einen nachwirkenden Schmerz in den Zähnen, weil er beim Schwimmen zu fest auf die verknoteten Schnürsenkel seiner Laufschuhe gebissen hatte. Aber etwas anderes in ihm schien sich vorübergehend gelockert zu haben, das ihn freier durchatmen ließ.

Die Strömung des Flusses war schwach gewesen und die Kälte nach kurzer Zeit auszuhalten. Man mußte sich nur darauf konzentrieren, keine Wadenkrämpfe zu bekommen. Am anderen Ufer hatten sich Paul und Thomas wie nach einem Gipfelerfolg umarmt, während das Wasser an ihren zitternden Körpern herunterlief. Für den Rückweg trabten sie bis zur nächsten Brücke, ein paar Spaziergänger bemerkten ihre triefenden Sachen und drehten sich nach ihnen um. Der hell erleuchtete gläserne Turm einer Versicherungsgesellschaft überstrahlte den Fluß, wo eine riesige dreifaltige Metallskulptur auf dem Wasser zu wandeln schien und wie von unzähligen Einschußlöchern übersät wirkte.

Thomas kam aus dem dampfenden Bad, rubbelte sich mit dem Handtuch die widerspenstigen Haare trocken und streifte Pauls bereitgelegte Sachen über.

„In Frankfurt kriege ich niemanden an die Strippe", sagte Paul.

„Weil jetzt *jeder* dort anruft, Mann. Lauter Paniker."

„Ich habe keine Panik, ich würde nur gern..." Der Halbsatz zerplatzte Paul wie eine Speichelblase.

„Alles wird gut." Thomas stupste Paul vor die Brust. Dann zog er an den Gesäßtaschen der geliehenen Jeans.

„Nur dein Arsch ist zu breit, *Bert*", sagte er feixend.

„Und deine Schultern zu schmal, *Ernie*", gab Paul zurück.

„Bier?"

„Auf dem Balkon."

Jetzt ging Paul duschen und als er fertig war, hatte es sich Thomas bereits auf der Couch bequem gemacht und
nuckelte an einer Bierflasche. Mit der anderen Hand schwenkte er eine Videokassette.

„Die geheime Dokumentation, ich hab sie in den Archiven aufgespürt", verkündete er. „Seit Lady Di's Tod hat es nichts Brisanteres mehr auf dem Medienmarkt gegeben. Der Erlös finanziert meine nächste Expedition."

Paul grinste schwach. Das Hochzeitsvideo.

„Du irrst", sagte er. „Für Glück hat es noch nie einen Markt gegeben."

„Leg ein", forderte Thomas. „Der Presserat entscheidet. Der Öffentlichkeit darf nichts vorenthalten werden."

„Du warst dabei", sagte Paul. „Wozu das Erlebnis durch schlechte Amateuraufnahmen entwerten?" Er machte sich auch ein Bier auf.

„Komm schon", drängelte Thomas. „Oder willst du *CNN* gucken? Machst du noch die ganze Nacht, wie ich dich kenne."

Paul zuckte mit den Schultern, nahm das Video und legte es ein.

Ein kurzes weißes Bildschirmrauschen, dann setzte überlaut die Musik der Hochzeitskapelle ein, die von Paul geführt auf den Hof marschierte. Vier Männer und eine Frau – *Grinsteins Mischpoche*. Flügelhorn, Tenorhorn, Klarinette, Banjo und Akkordeon. Sie spielten Klezmer und Balkan Brass. Für Paul, der die Kapelle engagiert hatte, verbanden sich mit dieser Musik überschäumende Lebensfreude und Melancholie, verbanden sich zugleich Lauras und seine so unterschiedlichen Temperamente.
Der Soundtrack für den Film ihres angestrebten Lebens.

Es war ein wildes Fest unter freiem Himmel gewesen, wie von Emir Kusturica inszeniert. Über achtzig Gäste waren auf dem entlegenen Gehöft, eingerahmt von Wäldern, Wiesen und Feldern, nahe der polnischen Grenze erschienen. An Stelle von Geschenken hatten sich Laura und Paul in der Einladung ein Erscheinen in Zigeunerkluft und das Mitbringen von Zelten erbeten. *Liebe baut Zelte, keine Häuser...* Eine Auflage, die von allen eingehalten wurde und den Charakter und die Stimmung des Festes wesentlich beeinflußte. Instinktiv hatten die Gäste begriffen, daß es bei dieser *Zigeunerhochzeit* nicht in erster Linie um die Feier des Hochzeitspaars ging, sondern um eine Feier des Lebens an sich. Das stellte ein gewisses Wagnis dar, schließlich war die Mehrzahl *deutsch* und es drohte ein Fasching, aber Lauras und Pauls Bedenken zerstreuten sich rasch im Licht der Fackeln und Öllampen und des großen Lagerfeuers, weil man sich einfach auf die Atmosphäre des Ortes einließ und mitspielte.

Der Kameramann des Videos, Sohn eines befreundeten Paars, zeigte einen Hang zu verwackelter *MTV*-Clip-Ästhetik und zoomte auf ein gebratenes Schwein, das wie in einem offenen Zinksarg zum Büffet in der ehemaligen Futterküche des Hofes getragen wurde. Aus dem Maul des Schweins quoll irgendwelches mitgeschmortes Obst. Das Schwein schien im Schlaf zu grinsen.

„Hunger", sagte Thomas.

„Mach dir ne Stulle oder ruf den Pizza-Service", brummte Paul.

„Ohne Laura ist dieses Heim ziemlich ungastlich", nörgelte Thomas.

„Stimmt", sagte Paul.

Der Kameramann hielt auf eine Kindersonne, die Laura auf die getünchte Wand über dem Büffet gepinselt hatte. Ihr ungebremster Schaffensdrang schlug sich noch im letzten Detail nieder. Von der Ausschmückung der Räumlichkeiten und des Festzeltes über die Zubereitung der Speisen bis zum Entwurf ihrer beider Kostüme – überall hatte Laura sichtbar *Hand* angelegt. Eine berserkerhafte Arbeitsleistung, ein Furor an Gestaltungswillen. Daneben nahm sich Pauls Beitrag mehr als bescheiden aus. Abgesehen von der Grundidee, die er in der am Computer zusammengebastelten Hochzeitseinladung als bunte Allegorie zu vermitteln suchte, und abgesehen von den Spielereien mit Licht und Feuer, war sein Zutun nirgends wirklich greifbar.

Als nächstes befragte die unsichtbare Stimme des Kameramanns einzelne Gäste nach ihren Wünschen für das Hochzeitspaar. Bei der Auswahl für seine Kurzinterviews hielt er sich offensichtlich vor allem an besonders ausgefallene Kostümträger. Abbas, ein iranischer Architekt, war mit weinrotem Sikh-Turban und weißem Kaftan angetan und blinzelte verschmitzt hinter einer dicken Hornbrille. Die *Zigeunerkluft*-Vorgabe war flexibel interpretiert worden.

„Ich wünsche meinem Freund Paul, daß er sich seiner wunderbaren Frau jeden Tag würdig erweist", nuschelte er sibyllinisch in die Kamera.

Würdig. Was zum Teufel war würdiges Verhalten?

Thomas lachte zustimmend, stemmte sich aus der Couch und ging zum Telefon.

Das argentinische Au-pair-Mädchen, Paul hatte ihren Namen vergessen, wiegte in einem Hüfttuch das Kleinkind eines jüdischen Anwalts und schien angestrengt nachzudenken. Vielleicht suchte sie auch nur nach den passenden deutschen Vokabeln.

„Leben soll sein wie Fest hier", vernahm Paul schließlich, dann machte das Mädchen eine Pirouette.

„Willst du auch ne Pizza?", rief Thomas aus dem Flur.

„Hab schon gegessen", antwortete Paul.

Die Kamera gab ein paar Standardwünsche von Verwandten mit Perücken und Hüten wieder, die ihren Schwips noch hinter Ernsthaftigkeit zu verbergen suchten.

Pauls Sektionschefin von der Uni, im kostbaren Sari, bewegte tonlos ihre Lippen, das Mikrophon fing ihre Worte nicht ein.

Leszek, ihr polnischer Ehemann, dessen Outfit an einen Landschaftsmaler in der Toskana denken ließ, zeigte auf die Ruine der Scheune im Hintergrund und sagte bestimmt etwas über die Möglichkeiten der Weltverbesserung. Schnitt.

Die Kapelle intonierte einen jiddischen Hochzeitstanz.

Orientalische Prinzessinnen, Heiducken und Mamelucken, Wohnwagenzigeuner und bulgarische Schafhirten, Flamencoschönheiten und Bettelmönche hielten sich nun an den Händen und hatten Mühe, die Anweisungen des Tanzmeisters in gemeinsame Schrittfolgen umzusetzen. Es wurde gezerrt und geschoben, man stolperte kreischend über die Abspannleinen des Festzeltes und rannte den Stützpfosten der Regenplane um, die einen Hofwinkel überdachte. Die blaue Plane fiel wie ein Stück Himmel auf den Tanzkreis herab. Lachend krabbelten die Gäste darunter hervor.

Thomas kam zurück und warf sich wieder auf die Couch.

„Multikulti-Ringelreihn", ätzte er.

Paul sagte nichts. Er hielt die Fernbedienung in der Hand und ihm wurde bewußt, daß ein einziger Knopfdruck genügte, um auf demselben Bildschirm das Grauen vor Augen zu haben.

Er widerstand der Versuchung und spulte vor. Die zuckenden Bilder zerfielen in Streifen, als würde ein Stummfilm auf die Lamellen einer Jalousie projiziert, durch die der Wind wehte, und Paul hielt an, als Martins trauriges Gesicht erschien. Martin war der einzige Gast ohne Kostüm. Mit ihm hatte Paul die Armeezeit durchgestanden, dann war der Kontakt verlorengegangen. Die Einladung war die erste Botschaft nach Jahren. Martin arbeitete mittlerweile als Chirurg in Sachsen-Anhalt, hatte noch am Vormittag im OP gestanden, sich dann ins Auto gesetzt – vier Stunden Fahrt –, um zwei Stunden zu bleiben und wieder zurückzufahren, weil er am Abend erneut operieren sollte. Sein Geschenk, er ignorierte die Auflagen konsequent, hatte Paul berührt.

Die Kamera hielt den Augenblick der Übergabe der grauen Plastikschatulle fest.

„Was war das?", fragte Thomas.

Paul ging in seine Arbeitskammer, holte die Schatulle und legte sie vor Thomas auf den Glastisch.

Thomas warf Paul einen schrägen Blick zu und öffnete die Schatulle. Er entnahm das runde, flache Metallgehäuse mit dem durchsichtigen Plastikaufsatz und der langen Elektrode und guckte verständnislos.

„Ein Herzschrittmacher", sagte Paul. „Das Ding hat noch am selben Tag das Herz eines Patienten angetrieben, den er auf dem Tisch hatte."

Manchmal brauchen Herzen Hilfe. Martins Worte hatten wie eine Gedichtzeile geklungen.

„Makaber", sagte Thomas.

„Finde ich nicht", sagte Paul.

Thomas blätterte im Patientenhandbuch, das dem Schrittmacher beigelegt war.

„Wenn die Strompfade im Herzen blockiert sind, kann das Herz nicht schnell genug schlagen", las er vor. „Oh je."

Er blätterte weiter und zeigte Paul das Foto eines rüstigen Rentners mit Anglerweste, der vor dem Hintergrund eines Sees stolz einen fetten Hecht präsentierte. In Höhe der linken Brust, dort wo ein imaginärer Schrittmacher implantiert sein sollte, baumelten zwei Köderhaken wie Verdienstmedaillen.

„Der alte Mann und das Meer", kommentierte Thomas in Anspielung auf Pauls Hemingway-Spleen. „Mit Schrittmacher findet auch dieser nette Herr zurück zur natürlichen Grausamkeit seines Herzens. Sehr zum Leidwesen des Fisches."

Paul schüttelte den Kopf. „Hoffentlich kriegst du bald deine Pizza geliefert."

Thomas grinste. „Alles hängt mit allem zusammen. Ich entlarve nur die billige Symbolik."

Paul spulte das Video weiter. Er wollte nur noch die Stelle sehen, wo er mit Laura tanzte, und als er ihr kirschrotes Kleid über den Bildschirm flattern sah, drückte er die Play-Taste.
Der rasende Rhythmus der ekstatischen Musik trieb Laura und ihn zu immer schnelleren Drehungen, ein aberwitziger Farbkreisel, dessen Fliehkräfte drapierte Tüllschleier aus Lauras Kleid rissen und sie wie Blütenblätter auf dem sattgrünen Gras verteilten. Es war ein Tanz, der nicht nach choreographierter Schönheit strebte, sondern nach Trance und Temperament. Plötzlich stand das Bild still, der Kameramann mußte die Snap-Shot-Funktion bedient haben, denn die Musik lief im Hintergrund weiter. Lauras und Pauls Fingerspitzen berührten sich über ihren Köpfen, ein entrücktes Lächeln lag auf ihren Gesichtern. Laura schien über dem Gras zu schweben, weil ihre Füße unter dem Saum des Kleides unsichtbar blieben. Pauls Arme waren ausgestreckt, die weiten Ärmel seines weißen Hemdes wie zu klein geratene Flügel an einem massigen Körper, aber auch er schien fliegen zu wollen. Am Bildrand beobachtete ein Gast in

Franziskanerkutte staunend die Szene. Ein surrealer Anblick, eine Verklärung wie von Chagall. Paul drückte die Stop-Taste. Er wollte dieses Bild bewahren.

In dieser Nacht träumte Laura von ihrer Schwester in New York. Ein Feuerwehrmann trug sie Huckepack durch trümmerbedeckte Häuserschluchten, eingehüllt in Qualm und begleitet vom Geheul der Sirenen. Ihre Schwester rief ihr etwas zu, aber sie konnte es nicht verstehen, die Sirenen waren zu laut. Der Feuerwehrmann war ein Schwarzer, und sie erkannte, daß es Ray war, der unglaublich erschöpft wirkte und kaum noch die Last, ihre Schwester, zu tragen im Stande schien. Er wankte und taumelte, während ihre Schwester fortwährend schrie und mit einer Hand auf seinen Helm schlug, als wollte sie ihn vorwärts treiben, bis er schließlich zu Boden sank. Ray kroch weiter bis zu einem Kanalisationsdeckel, den er anhob, um erstaunlicherweise seinen Saxophonkoffer herauszuziehen. Dann setzte er sich in den Schneidersitz, öffnete den Koffer und entnahm sein Instrument. Er begann zu spielen, aber alles, was er hervorbrachte, war ein schriller Sirenenton, der lauter und lauter wurde, bis Laura endlich schweißgebadet erwachte.

Der Reisewecker piepte enervierend.

Laura tastete benommen auf dem Nachttisch herum, stieß den Wecker und eine Kerze auf den Fliesenboden, wobei der Wecker verstummte. Sie entsann sich, ihn gestellt zu haben, um vor der großen Hitze joggen gehen zu können, verspürte jetzt jedoch keinen Antrieb mehr. Matt sank sie ins Kissen zurück.

Anita mußte irgendwann in der Nacht zurück auf ihr Zimmer gegangen sein.

Laura hing den Traumfetzen nach, die wie Nebel an den Rändern ihres Bewußtseins lagerten, dachte an ihre Schwester und, mit aufquellendem Schuldgefühl, auch an Ray.

Sie hatte ihm wehgetan, damals, in ihrer ersten Nacht mit Paul. Hatte Ray angerufen, noch in jener Nacht und während Paul in ihrem Bett eingeschlummert schien, um ihm zu sagen, daß er nicht nach Deutschland kommen könne, wie es ausgemacht war, weil, ja weil sich etwas ereignet habe, was alles grundlegend änderte. Sie war einem Impuls gefolgt, dessen Stärke sie davon überzeugte, eine Entscheidung treffen zu müssen, noch bevor es von ihr verlangt wurde.

Es war das schmerzlichste Telefongespräch ihres Lebens, und ihre Worte trafen einen Menschen, der das so nicht verdiente. Kein Liebender verdiente das, und Ray hatte sie sehr geliebt. Aber sie glaubte, nicht anders handeln zu können, wenn sie ihrer Ahnung von einem umfassenderen Glück eine Chance einräumen wollte.

Ich habe einen Mann kennengelernt, bei dem es mir vorkommt, als wäre er geschickt worden, um alle meine Erwartungen und Hoffnungen zu erfüllen. Sie hatte das in den Hörer geschluchzt, wissend, daß es unsäglich melodramatisch klang, doch so war ihr Empfinden gewesen, auch wenn sie gern andere, unabgenutztere Worte gefunden hätte. Worte, die das Neue dieses Gefühls wiedergaben, ohne Ray willentlich zu verletzen. Aber die Sprache war immer zu alt für eine junge Liebe.

Nach der Telefonbeichte hatte sich Laura traurig und befreit zugleich an ihr Klavier gesetzt, hatte den Deckel aufgeklappt und ihre Finger über die Tasten gleiten lassen, ohne einen Ton anzuschlagen. Schwarz und Weiß, jede Taste bedeutete eine Entscheidung, über die nicht nachgedacht werden durfte und die trotzdem richtig sein mußte, wenn das Stück gelingen sollte. Es schien ihr wie im Leben selbst, obwohl man im Leben nie eine gültige Partitur vor sich hatte.

Dann bemerkte sie Paul, der in der halboffenen Tür lehnte und sie beobachtete. Sie wußte nicht, wie lange er da gestanden und was er mitbekommen hatte, aber es gab nichts mehr zu verheimlichen. Er sah sie nur an und nickte.

Laura rappelte sich auf und machte das Bett. Wenn sie erst einmal wach war, hielt sie normalerweise nichts mehr darin.
Heute bereitete es ihr Mühe, wahrscheinlich der Jetlag.
Paul konnte stundenlang im Bett bleiben und dösen oder lesen. Sie nahm an, daß ihm das Bett eine Zuflucht bedeutete, wußte aber nicht genau, wovor. Seine Lebensgeister regten sich vor allem in der Nacht, wohingegen für sie Ereignisse nur im Licht des Tages Bestand hatten. Der Rest war verschlafene Zeit.
An Wochenenden lockte sie Paul manchmal mit überraschenden Frühstückskreationen aus dem Schlafzimmer und schnitt ihm dann den Rückzug ab, indem sie schnell das Bett machte.
Er quittierte das mit gequältem Lächeln, war aber nie wirklich verärgert.
Komisch war nur, daß sich zwei so unterschiedliche Lebensrhythmen ergänzen konnten.

Laura bückte sich nach dem Reisewecker. Die Batterie war herausgefallen und unters Bett gerollt. Sie machte sich lang und hangelte danach.

Sie bemerkte einen Gecko, der bewegungslos in einem Winkel des Bettrahmens klebte. Die meisten Geckos sah man nur nachts.

Seine Augen waren mit einer durchsichtigen Membran bedeckt, über die er blitzschnell mit der Zunge wischte, als reinigte er eine Kameralinse. Sie kannte Kolleginnen, die sich vor Geckos fürchteten, dabei waren sie so harmlos.

„Hallo Paulchen", flüsterte sie und versuchte, den zirpenden, klickenden Laut nachzumachen, den sie kannte.

Der Gecko huschte um den Bettpfosten und stattdessen trat ein Paar kräftiger brauner Waden mit weißen Söckchen in ausgetretenen schwarzen Halbschuhen in ihr Blickfeld, das sich von der Zimmertür näherte. Laura hatte das Klopfen des Zimmermädchens wohl überhört. Sie rutschte unter dem Bett hervor, dem Mädchen entfuhr ein Schrei.

„*Holá*", sagte Laura und richtete sich auf.

Das Mädchen hielt einen Stapel frischer Handtücher vor die Brust gepreßt und sah sie mit geweiteten Augen an.

Dann löste sie sich aus der Erstarrung und lachte.

„*Perdón… perdón… Volveré encantada… Después…*", sprudelte es aus ihr heraus und sie schickte sich an, wieder zu gehen.

Laura wollte sie aufhalten und suchte nach einer passenden Redewendung.

„*No... Podria esperar un momento, por favor?*", sagte sie und ging zu ihrem Koffer. Sie hatte immer einige ausrangierte Kleidungsstücke dabei, die sie unter dem Hotelpersonal oder Einheimischen, mit denen sie in näheren Kontakt kam, verteilte. Meist T-Shirts, Blusen, Shorts oder Sommerkleider. Ihre Schränke zu Hause quollen über von Beutezügen auf Flohmärkten und Secondhandläden. Und so hatte sie für sich auch immer eine Rechtfertigung, nicht damit aufhören zu müssen. Es steckte kein moralischer Anspruch dahinter und sie beruhigte auch kein schlechtes Gewissen. Sie tat es, weil es ihr Spaß machte.

Laura hielt ein mit Hibiskusblüten bedrucktes Kleid hoch, das etwas weiter ausfiel und zu der eher stämmigen Latina-Figur des Mädchens passen mochte.

Das Mädchen sah sie fragend an.

„*Para ti*", sagte Laura.

Im Gesicht des Mädchens spiegelte sich ein kurzer Kampf zwischen Begehrlichkeit und höflicher Zurückhaltung wider, der sich rasch entschied. Das Mädchen legte die Handtücher ab und befühlte den Stoff des Kleides.

„Esto me gusta", flüsterte sie.

Laura wollte, daß sie das Kleid anprobierte, hatte allerdings keinen spanischen Mustersatz parat. Deshalb sagte sie einfach: *„Probar?"*

„Aquí?" Das Mädchen sah sich scheu um.

„Sí." Laura ermunterte sie mit einem Lächeln.

Das Mädchen knöpfte schamhaft seinen Arbeitskittel auf.

Laura sah den verwaschenen und mehrfach ausgebesserten Büstenhalter und war gerührt.

Das Mädchen schlüpfte in das Kleid, zog es über die Hüften, und Laura machte ihr hinten den Reißverschluß zu. Dann schob sie das Mädchen vor den Spiegel.

Laura fand, daß ihr das Kleid paßte und schürzte anerkennend die Lippen.

„Fantástico." Laura zog das Wort in die Länge.

Das Gesicht des Mädchens erstrahlte. Sie machte Vierteldrehungen nach rechts und links. Es schien, als hätte sie mit dem Kittel noch etwas anderes abgelegt.

Sie bedankte sich überschwenglich.

„Muy amable por su parte, muchas gracias."

„De nada", wehrte Laura ab und holte ihre Digitalkamera aus der Handtasche. Sie bedeutete dem Mädchen, sich in Positur zu stellen. Das Mädchen verlor nun alle Scheu und raffte spiele-

risch den Rocksaum. Laura machte ein paar Aufnahmen und zeigte sie ihr danach. Das Mädchen blickte staunend auf das Display, als offenbarte es eine stärkere Wirklichkeit.

„*Le molestaría tomar una fotografía para mí?*", fragte sie.

Laura versprach ihr, beim nächsten Aufenthalt einen Ausdruck mitzubringen. Es war für sie kein leeres Versprechen, sie tat das oft genug. Die Leute freuten sich über solche Schnappschüsse mehr als über ein Trinkgeld und man wurde gleich anders behandelt. Im Leben dieser Menschen hatten Fotos noch einen anderen Stellenwert. Nicht jedes Lebensereignis lagerte irgendwo in Alben oder auf Videokassetten archiviert.

Man mußte noch mehr der eigenen Erinnerung vertrauen.

Das Mädchen sagte etwas, das Laura nicht verstand, aber dann ging ihr auf, daß sie eingeladen war. Sie sollte das Mädchen zu Hause besuchen. Wenn sie richtig begriff, würde es am Abend eine *fiesta* geben. Sie hörte aus dem Sprachstrudel des Mädchens die Worte *comida* und *bailar* heraus und nickte.

Essen und tanzen, sie würde aus der Hotelanlage herauskommen, warum auch nicht? Allemal besser als die Büffet-Langeweile mit der Crew.

„*Sí, muy bien*", sagte Laura.

Das Mädchen versuchte, ihr den Weg zu beschreiben, es schien ein Stück weg zu sein, aber mit einem Taxi käme Laura hin.

Die Wegbeschreibung geriet immer länger, das Mädchen bemerkte Lauras Zweifel, lachte und zog einen Kugelschreiber aus ihrem abgelegten Kittel. Sie faßte Lauras Handgelenk und schrieb ihren Namen auf das *All-inclusive*-Bändchen.
Marieta Quintero.

„*Es suficiente*", sagte Marieta.

Vom Alkohol unzureichend anästhesiert, wälzte sich Paul schlaflos im Bett herum. Die roten Leuchtdioden des Radioweckers bezifferten das quälend langsame Verschwinden der Nacht. Ein Countdown ohne Aussicht auf einen erlösenden Start.

Thomas hatte sich verabschiedet, als sich ihr Gespräch in Einsilbigkeit erschöpfte und der Wodka, auf den sie umgestiegen waren, zur Neige ging. Wie von Thomas vorhergesagt, hatte sich Paul noch eine ganze Weile der Nachrichtenhoheit von *CNN* ausgesetzt, ohne daß die Informationspartikel das Gesamtbild der Lage wesentlich verändert hätten. Zwischendurch versuchte er immer wieder die Nummer von Lauras

Hotel in Kuba, bekam aber nicht einmal ein Rufzeichen zu hören. Er ging mögliche Erklärungen durch, sinnierte über einen Zusammenhang zu den Ereignissen von New York – vielleicht bestand Nachrichtensperre – und hoffte, daß sich Laura von selbst meldete. Da sie es nicht tat, mußte die Ursache grundsätzlicher Art sein. Was allerdings auch nicht zur Beruhigung beitrug. Paul merkte, wie sich die Grundfesten seiner Gemütsruhe mit beängstigender Geschwindigkeit auflösten, wie ihn Wellen der Panik attackierten, die er sich zunächst nicht eingestand, weil er Panik seines hochgezüchteten Denksystems für unwürdig erachtete, ehe er schamhaft resigniert das Brechen aller rationalen Dämme gegen die schmutzige Flut des Schreckens absehen konnte.
Auch das Bett war keine rettende Insel mehr.
Wie ein Boxer nach dem Niederschlag versuchte er reflexartig aufzustehen, der plötzliche Kopfschmerz war eindeutig dem Wodka geschuldet, wenigstens eine Gewißheit, und er lief durch die Wohnung und schaltete alle verfügbaren Lampen an.
Mehr Licht. Laura hätte ihn dafür getadelt, weil sie darin verschwenderische Achtlosigkeit gesehen hätte. Sie wußte wahrscheinlich nichts von den partiellen Sonnenfinsternissen seiner aufge-

klärten Seele, warum auch sollte er sie damit verstören, mußte er doch letztlich selbst damit fertigwerden.

Ihm mißfielen Menschen, die ihre psychischen Mülldeponien zur Schau stellten, um Offenheit oder Empfindsamkeit zu demonstrieren.

Allein der Gedanke an Lauras möglichen Tadel verschaffte ihm eine kurze Atempause.

Er überlegte, die Wohnung aufzuräumen. Das stupide Abarbeiten notwendiger Alltagsaufgaben könnte ihm *Disziplin* zurückgeben.

Schon im Begriff den Staubsauger in Betrieb zu nehmen, gab er die Idee auf. Der Lärm wäre jetzt unerträglich.

Schließlich holte er seine Seminarvorbereitungen und setzte sich an den Küchentisch. Er würde vor seinen Studenten auf die Ereignisse reagieren müssen, auch wenn an ein normales Seminar nicht zu denken war. Das Semester hatte noch nicht angefangen, er betreute ein paar Studenten, die an ihren Magisterarbeiten schrieben und sich im Rahmen eines Projektes außerplanmäßige Zusammenkünfte erbeten hatten. Ein Engagement, das ihm gefiel und das er nicht mit Verweis auf die Semesterferien ignorieren wollte. Außerdem ließen sich so Dinge ausprobieren, auf die man später, während des regulären Studien-

betriebs, zurückgreifen und damit Zeit sparen konnte. Trotzdem achtete Paul streng darauf, daß der Seminarcharakter gewahrt blieb, um dem Versumpfen in der Beliebigkeit ausgetauschter Meinungen entgegenzuwirken.
Was aber sollte er in ein paar Stunden sagen, welche Koordinaten ließen sich noch vorgeben?

Er zückte eine unbeschriebene Karteikarte.
Es galt Begriffe zu finden... Und daraus ein Gerüst zu entwerfen... Doch ohne einen auch nur ansatzweise vollzogenen Prozeß des *Begreifens* konnte man das entsetzlich Neue bloß mit alten Wimpeln beflaggen. Und fühlte man sich zudem persönlich in ein furchtbares Geschehnis historischer Dimension hineingezogen, wenn auch peripher, denn natürlich betraf das wirkliche Leid Menschen an einem entfernten Ort, dann eignete sich das Vorgefallene kaum als akademisches Turngerät. Paul dachte an Thomas' Suada beim Joggen, gewiß ungefilterte Wut, aber deshalb weiter weg von der Wahrheit als die Klügeleien der wie Pilze aus dem Boden schießenden Weltdeuter? Man gab vor, die Dinge *differenziert* zu betrachten, weil man sich vor Grundaussagen fürchtete, die konsequentes Handeln verlangen würden. Weil man sich vor der Wahrheit fürchtete. Zivilisationsbrüchen wurde krampfhaft Singularität bescheinigt,

um sich nicht eingestehen zu müssen, daß die Barbarei immer ein nur vorübergehend in Schach gehaltener Wesenszug der Menschheit blieb.

Paul ging auf, daß auch er in seiner Arbeit an der Universität mehr dem Wünschenswerten als dem Tatsächlichen verpflichtet war. Schlimmer noch, daß er sogar wider besseres Wissen lehrte. Denn die Erfahrungen seiner zahlreichen Reisen und Expeditionen stützten keine Hoffnung für utopische Sanierungsmodelle einer befriedeten Weltfamilie. Thomas sprach nur aus, was Paul immer zu verdrängen gesucht hatte: daß das Verstehen des Anderen voraussetzt, daß man einander überhaupt verstehen *will*.

Paul starrte auf die leere Karteikarte.

Mit einer Kapitulationserklärung sollte man kein Seminar eröffnen. Er fühlte sich von allen guten Geistern verlassen.

Ihm fiel partout nichts ein.

Vielleicht gab sein Computertagebuch etwas her. Er entsann sich einiger Notizen zum ersten World-Trade-Center-Anschlag, dessen rasch verschwindende Medienaufmerksamkeit ihn damals verblüfft hatte. Irgendein blinder Scheich war später verhaftet worden, wenn er das nicht durcheinanderbrachte. Es wimmelte ja von blinden Haßpredigern.

Am Computer gab er dann doch der Versuchung nach, noch einmal seine E-Mails zu checken.

Ein Rundbrief von Lauras Schwester.

Elektrisiert überflog Paul die Zeilen und atmete erleichtert auf. Es ginge ihr so weit gut, aber sie sei tatsächlich in der Nähe gewesen. Mußte sogar vor der Staubwolke fliehen, die sich beim Fall der Türme durch die Straßen Manhattans wälzte, eine Flucht zu Fuß bis rüber nach New Jersey, raus aus der Stadt aus Angst vor möglichen weiteren Angriffen. In New Jersey sei sie bei Bekannten untergekommen. Zwei ihrer Freunde galten als vermißt. Einen Tag später hätte sie einen Termin im Nordturm gehabt.

Blindes Glück.

Jetzt ein Anruf von Laura, und alles wäre für *ihn* gut.

Unverstellter Egoismus in der Katastrophe. Leugnen zwecklos.

Das Telefon blieb stumm.

Paul klickte beiläufig ein paar alte Botschaften von Laura an, eine Ersatzhandlung für ihre *jetzt* herbeigesehnte Stimme.

Quito, Ecuador. Vor Jahresfrist hatte sie dort mit ihrer Freundin einen vierwöchigen Spanischkurs absolviert, zwischendurch Ausflüge ins Land unternommen.

Galapagos. Oriente. Andenhochland.

Sie schilderte eine Indio-Hochzeit in irgendeinem Bergdorf, die Einladung verdankte sich einer Zufallsbekanntschaft im Bus. Koma-Trinken der Campesinos. Tanz und knallendes Feuerwerk vor Lehmhütten.

Mittlerweile lebte die Freundin dort drüben, schwanger von einem Einheimischen, der in Otavalo ein kleines Hotel betrieb.

Riskantes Glück. Setze alles auf Rot.

Vielen Dank für Dein Gedicht. Ich hab es in einem Internet-Cafe in Quito gelesen... Du hörst dich so traurig an wie ein verlassener Liebhaber, dabei komm ich doch immer zurück...

Gedicht?

Paul konnte sich kaum erinnern und klickte auf seine ausgehende Post. Herrjeh. Tatsächlich. Ein Anfall von Schwermut. Damals schon. Immer schon?

Mit Unbehagen las er:

Mitad del Mundo

In einem fernen Land,
so nah,
auf der Bauchbinde der Welt
flackert die
elektronische Spur
meines Herzens.

*Löst sich das Novemberdunkel
meiner Traurigkeit
im warmen Tropenlicht
deiner unerschütterlichen Heiterkeit.
In jenem fernen Land,
so nah,
am Fuße der rauchenden Vulkane
schmecke ich den Aschegeruch
meiner verglühenden Zigarette,
spüre ich das Beben
der steinernen Krusten
über unsichtbaren Feuerseen.
Und das Schneegewand des Chimborazo,
das mich einst abgeschüttelt,
ein verlorener Kampf
im Tausch für das Leben
und die größte Liebe danach,
es hat mich Demut gelehrt.
Vom Dach des Eispalastes
über die Flickenteppiche
der Felder
schweigsamer Indios,
hin zu den Orten,
wo sie die Farben verkaufen:
Otavalo.
Und tiefer noch,
ich erinnere mich,*

im Herzen der Finsternis
und am Ende der Flußfahrt:
ein kleiner Affe
auf meinem nackten Bauch,
leckend das Salz
ausgeschwitzter Träume.
Und jetzt,
deine Stimme,
die übers Meer geflogen
aus jenem fernen Land,
ganz nah.
Schwarze Plastik,
ans Ohr gepreßt;
Nachricht von den verwunschenen Inseln;
Worte, die über Lavaschlacken huschen,
gleich Felskrabben,
wie rote Schmuckbroschen.
Ein Moment des Glücks,
da wir uns
in einem fernen Land,
so nah.

Er mußte betrunken gewesen sein. Pathetisch wie ein Pennäler.
Verliebt in die eigene Tristesse.
Einerseits.
Nackt. Rohes Fleisch. Ein neurotischer *Telefoniker*.

Andererseits.

Es war nie zu spät, sich von einem überlebten Selbstbild zu verabschieden. Als Urenkel der deutschen Aufklärung, wie er sich gesehen hatte, war er schon in der trüben Pfütze eines Gelegenheitsgedichts jämmerlich ersoffen.

Aber so *war* er. Auch.

Keine Ausreden.

Er pfiff auf das Seminar und die Erklärung einer irrsinnigen Welt.

Er packte seine Sachen.

Der Hotelmanager hob bedauernd die Schultern, die Ursache der unterbrochenen Telefonleitung sei allen ein Rätsel, aber auch nicht so ungewöhnlich, daß man sich Sorgen machen müsse. Immerhin gebe es wieder Strom, was für die Versorgung der Hotelgäste weit wichtiger sei, er erwähnte die Kühlschränke der Hotelküche und kam schnell zum Eis für die Cocktails.

Als er Lauras Gesichtsausdruck bemerkte, verwies er vage auf die Möglichkeit nach Holguin zu fahren, wollte jedoch keine übertriebenen Hoffnungen wecken. Am besten sei es doch, hier in angenehmer Atmosphäre auf die Wiederbelebung der altersschwachen Telefonleitung zu warten. Bei diesem Vorschlag strahlte er übers ganze Gesicht.

Laura bedankte sich.

Sie würde sich also gedulden müssen – mehr noch Paul – und überlegte, wie sie die Zeit überbrücken könnte.

Etwas Sportliches als Ersatz für die ausgefallene Joggingrunde wäre nicht schlecht. Zum Surfen war leider zu wenig Wind.

Sie inspizierte die Leihfahrräder, deren Gangschaltungen nicht funktionierten, so daß man damit auch nicht in das interessantere bergige Hinterland fahren konnte.

Unschlüssig schlenderte sie in einen Souvenirshop, streifte mit einem Blick die in ihren Augen abenteuerlichen Preise für Rum und Zigarren, kaufte dann aber Kaffee für Paul, weil sie die von ihm geschätzte Sorte außerhalb der Hotelanlage nicht bekam.

Auf dem Weg zu ihrem Zimmer kam sie am Pool vorbei, wo die Mehrzahl der Crewmitglieder sich dem Mittagessen entgegensonnte. Sie winkte kurz Anita, die schlaff die Hand hob, und ging rasch weiter, weil sie keine Lust hatte, sich entmutigender Konversation auszusetzen. Außerdem war auch für ihre Kollegen der Fernseher die momentan einzig verfügbare Nachrichtenquelle.

Ein Fitnesstrainer pumpte allein an den Geräten in der prallen Sonne. Laura fragte ihn nach anderen sportlichen *activities* und reservierte aus Mangel an sinnvollen Alternativen ein Kajak zur nächsten vollen Stunde. Das war in zwanzig Minuten. Der Fitnesstrainer trug ihren Wunsch mit gleichmütiger Miene und schweißfeuchten Fingern in ein zerfleddertes Buch ein.

In ihrem Zimmer schmierte sie sich sorgfältig mit Sonnenöl ein und zog ihren Bikini an. Sie überlegte kurz, ihre Schnorchel-Ausrüstung mitzunehmen, sie könnte am Riff entlang paddeln, entschied sich aber nur für die Schwimmbrille. Das würde auch genügen. Ein letzter Kontrollblick, sie entdeckte ihr hier nutzloses Handy neben dem Fernseher und schloß es zu den anderen Wertsachen in den Samsonite. Das Verstehen der Bedienungsanleitung für den Safe im Schrank, etwas, dem Paul gern Aufmerksamkeit schenkte, kam ihr zeitraubend vor, außerdem hatte sie schon einmal die selbstgewählte Kombination vergessen.

Laura eilte hinunter zum Strand.

Sie meldete sich bei den Angestellten, die für die Surfbretter, Katamarane und Kajaks verantwortlich waren, bei der Flaute aber nichts zu tun hatten und im Schatten einer Palme Domino spielten. Keiner der jugendlichen Kubaner machte Anstalten aufzustehen, nur einer zeigte machohaft grinsend auf einen sandverkrusteten und vernachlässigt wirkenden Schwimmkörper, der einige Schritte entfernt lag.

Laura empörte sich innerlich gegen die Unfreundlichkeit und verlangte nach einem Paddel.

Beleidigt und aufreizend lässig verschwand der junge Spund in der Hütte, wo die Ausrüstung verwahrt wurde, kam mit zwei Teilen zurück, die Laura an vergrößerte Fliegenklatschen erinnerten, und steckte sie zu einem Doppelpaddel zusammen.

„*Gracias*", sagte Laura kühl.

„*Have fun!*", hörte sie eine hämische Stimme, als sie sich bereits damit abmühte, die spitz zulaufende Kunststoffwanne mit eingeformter Sitzschale zum Wasser zu ziehen.

Blöde Kerle.

Ein Kajak hatte sie sich anders vorgestellt, aber ihr widerstrebte es, einen Rückzieher zu machen.

Am Wasser spülte sie den Sand vom Sitz, schob das Kajak in ausreichende Tiefe und schwang sich schließlich selbst darauf. Im Prinzip war das Ding eine Art klobiges Surfbrett, nur luftgefüllt, und sie war eine erfahrene Surferin, weshalb sie mit dem Halten des Gleichgewichts keine Probleme haben sollte.

Nach ein paar Paddelschlägen verrauchte ihr Ärger und sie überließ sich ganz der sanften Dünung des Meeres und dem mühelosen Vorankommen. Kein Wölkchen trübte den Himmel.

Dort, wo in der Ferne ein dünner Schaumstreifen zu sehen war und eine Menge Möwen kreisten, mußte das Riff sein. Die Hitze ließ sich auf dem Wasser aushalten und sie freute sich, wenigstens die Schwimmbrille mitgenommen zu haben. Sie konnte ab und zu ins Wasser springen und herausfinden, ob Schnorcheln den langen Schwimmweg zum Riff lohnte.

Sie fand, daß sich alles zu fügen begann, und auch der komische Schwimmuntersatz schien ihr jetzt besser als ein richtiges Seekajak, weil man bei einem solchen auf offenem Meer nicht ohne weiteres aus- und wiedereinsteigen konnte.

Es dauerte trotz zügigen Paddelns länger als gedacht, das Riff zu erreichen, Surfen war eben deutlich rasanter – wenn Wind wehte.

Als sie endlich über dem Riff war, versuchte sie die Wassertiefe unter dem Kajak abzuschätzen. Es war kein Vergnügen, mit nackten Füßen auf den scharfkantigen Korallensockel zu kommen. Surfschuhe hätten das Risiko vermindert, aber die lagen im Koffer. Also paddelte sie weiter bis zur Abbruchkante des Riffs und tauchte erst dort.

Augenblicklich umgab sie die plötzliche Stille der Unterwasserwelt in ihrer immer wieder unfaßbaren

Formenvielfalt. Es war zunächst ein bißchen beängstigend, die jähe Abbruchkante erinnerte sie an Gebirgswände, die sie nie bestiegen hatte – vielleicht schnorchelte Paul so gern, weil er die Berge vermißte –, doch als die ersten arglosen Fische ins Blickfeld schwammen, fand sie ihr Selbstvertrauen zurück. Morgen würde sie Brotreste mitnehmen und große Fischschwärme anlocken, ein Flug unter Wasser, leicht und frei und jenseits aller Befürchtungen, die der Welt der übertragenen Bilder entstiegen.

Immer wieder nahm Laura sich vor, die Namen der gesehenen Fische nachzuschlagen, vergaß es dann jedoch genauso oft.

Letztlich fand sie es auch nicht so wichtig. Totes Wissen.

Es machte mehr Spaß, sich eigene Namen auszudenken.

Sie sah eine gelb-rote Flamme, die zwischen den Geweihen und Gehirnen des Korallenstocks vor ihr züngelte, und das war für sie ein *Fackelfisch*.

Ohne Schnorchel konnte man natürlich nicht lange unter Wasser bleiben und ermüdete viel zu schnell. Zudem mußte sie das Kajak im Auge behalten, das über keine Leine verfügte.

Nach ein paar Atemlängen hatte sie genug und kletterte wieder in das Kajak. Einen Moment lang hatte sie Schwierigkeiten, das Gleichgewicht zu finden, vielleicht war ihr ein bißchen schwindlig vom Sauerstoffmangel. Dann hielt sie Ausschau nach einem neuen Ziel. Weit und breit war niemand sonst auf dem Wasser. Kein Motorboot, nichts. Dem Riff zu folgen, schien ihr nun nicht mehr so verlockend, und die Küste jenseits der Landzunge kannte sie von Joggingausflügen früherer Aufenthalte. Sie blickte hinaus auf das türkisfarbene Meer und entdeckte in einer Entfernung von etwa einem Kilometer – Entfernungen ließen sich auf dem Meer schlecht schätzen – das klar getrennte, tiefe Blau des Golfstroms. Jedenfalls nahm sie an, daß es der Golfstrom war. Bis zu dieser Linie könnte sie paddeln, ohne sich zu überanstrengen. Sie war gespannt, ob sich die Linie beim Näherkommen auflöste, wie ein Horizont nach hinten verschob oder tatsächlich vorhanden war.

Zur Sicherheit beschloß Laura, bis Eintausend zu zählen.

    Bei Fünfhundert machte sie eine Pause.

Sie kam nicht mehr so leicht wie am Anfang voran, irgendwie lief das Kajak schwerfälliger, was sie sich nicht zu erklären vermochte, denn die See war spiegelglatt. Sie schöpfte mit den Händen das Wasser aus, das beim Wiedereinstieg in die flache Wanne gelangt war und paddelte dann weiter.

Es wurde nicht besser. Im Gegenteil, sie hatte zunehmend Schwierigkeiten, das Gleichgewicht zu halten.

Merkwürdig, dachte Laura. Sie fühlte sich wohl und konnte sich kaum vorstellen, binnen so kurzer Zeit ihren Gleichgewichtssinn verloren zu haben. Wasser in den Ohren konnte manchmal dazu führen, aber da war nichts, es lag nicht an ihr.

Trotzig legte sie fünfhundert Paddelschläge nach. Das, was sie für den Golfstrom hielt, war nähergerückt, aber immer noch ein ganzes Stück weg. Sie schaute zu der Linie, die aus dem Kontrast der Meeresfarben hervorging. Es wirkte, als trennten sich dort Flüssigkeiten unterschiedlicher Dichte.

Die Grenze selbst hat keine Farbe, dachte Laura. Ich kann sie wahrnehmen, aber keine Eigenschaften feststellen, die sichtbar wären. Sie empfand ein wenig Stolz, daß sie darauf gekommen war und nahm sich vor, Paul davon zu erzählen.

Als sie den Arm hob, um ihr Gesicht vor der Sonne abzuschirmen und genauer hinzusehen, kippte sie plötzlich um. Sie war völlig überrascht und schluckte Wasser. Es schien unendlich viel

Zeit zu vergehen, ehe sie wieder zur Oberfläche kam, und dann brach ein eklig brennender Schwall aus ihrem Mund. Sie spuckte und hustete und griff panisch nach dem umgeschlagenen Kajak. Als sie es zu fassen bekam, versuchte sie zunächst, ihre Atmung zu beruhigen und die Schreckstarre aus den Gliedern zu lösen.

Dann bemühte sie sich, ihre Gedanken zu ordnen.

Was war da eben passiert? Wie oft fiel man beim Surfen ins Wasser, ohne daß man deswegen derart in Bedrängnis geriet.

Sie hatte es nicht *kommen* sehen. Aber was?

Etwas im Wasser... Ein großer Fisch... Vielleicht ein Hai, durchfuhr es sie siedend. Aber nein, sie hatte keinen Stoß gespürt, keinen *Kontakt* mit einer anderen Masse. Das Kajak war einfach weggesackt, warum auch immer.

Mit viel Anstrengung drehte sie das Boot um und hievte sich über das Heck. Wieder in halbwegs aufrechter Sitzposition trat ein, was sie befürchtete. Ohne es aufhalten zu können – ein Gefühl als kappte man ihre Nervenbahnen unterhalb der Hüfte –, rollte der Rumpf um die Längsachse und beförderte sie zurück ins Wasser.

Laura sah sich wassertretend den Bootskörper genauer an.

Das Ding hatte jetzt eindeutig Schlagseite und lag überhaupt viel tiefer im Wasser. Am Heck bemerkte sie einen Gummistopfen, aber der schien ihr dicht.

Sie suchte nach Luftblasen, die ein Leck anzeigten, wurde jedoch nicht fündig. Der Bootskörper bestand aus zwei Kunststoffschalen, die nicht verschweißt, sondern in einer Art Presspassung zusammengefügt waren. Sie bekam ihre Finger dazwischen, die Silikondichtung war zerfressen, und wenn sie gewollt hätte, wäre das Ding jetzt aufgegangen wie eine überdimensionale Tupperwaredose.

Was sie mit einem Blick ins Innere feststellte, genügte.

Das Kajak war eine Wanne voll Wasser. Undenkbar, das auf offener See herauszukriegen.

Resigniert richtete sie ihre Aufmerksamkeit auf den Rückweg.

Ihr wurde bewußt, wie weit sie sich mittlerweile vom Ufer entfernt hatte. Der Strand bog sich wie eine gebleichte Fischgräte vor dem konturlosen Grün der Böschung, alles schien winzig, und Laura konnte keine Einzelheiten mehr erkennen. Diese Perspektive war für sie nicht ungewohnt, beim Surfen fuhr sie manchmal noch weiter hinaus, aber jetzt lagen die Dinge anders. Kein Wind und kein Paddel würden sie unterstützen.

Zaghaft machte sie mit den Beinen ein paar Schwimmstöße, während sie das Kajak zu schieben versuchte.

Es fehlte zwar ein Bezugspunkt, aber ihr kam es vor, als hätte das Boot einen Treibanker. So ging es nicht.

Sie mußte eine Entscheidung treffen.

Entweder blieb sie beim Boot, das noch genügend Auftrieb besaß, um sich daran festzuhalten, und wartete auf Hilfe.

Oder sie schwamm los, mit der Gefahr, daß ihre Kräfte für die Strecke nicht reichten. Normalerweise sollte man beim schwimmenden Untergrund bleiben, doch wie lange *schwamm* die lecke Schachtel noch? Und wer würde sie vermissen?

Die arroganten Jüngelchen von der Ausleihstation bestimmt nicht.

Und ihre Kollegen wahrscheinlich auch nicht, die nahmen gewiß an, daß sie wie immer eigener Wege ging.

Das Meer war heute leergefegt. Sie hatte einen üblen Geschmack im Mund und fühlte sich ausgedörrt.

Ebbe und Flut fielen ihr ein, sie versuchte sich zu erinnern, wann die Gezeiten wechselten, war sich aber nicht sicher.

Je länger sie das Für und Wider abwog, desto matter kam sie sich vor.

Schließlich setzte sie ihre Schwimmbrille auf. Zum Warten war sie nicht geschaffen.

Sie zwang sich ruhig und kräftesparend zu schwimmen und die Blicke in das bodenlose Blau unter ihr kurz zu halten, weil sie die Angst fürchtete, die daraus entstehen mochte.

Sie konzentrierte sich ganz auf die kleine Welle perlender Luftbläschen vor ihrem Gesicht. Irgendwann würde der helle Sandgrund heraufschimmern und ein Gefühl von Wärme und Sicherheit vermitteln. Vorher mußte sie über das Riff.

Sie schwamm eine geschätzte Viertelstunde und hob in Erwartung des nahen Riffs den Kopf aus dem Wasser.

Das Riff war nicht zu sehen. Es war überhaupt nichts mehr zu sehen. Keine Schaumkronen, keine Möwen, nur Wasser. Und auch dem Strand schien sie nicht nähergekommen. Allenfalls war er ein bißchen nach links verschoben.

Sie strampelte heftig gegen das nadelspitze Entsetzen an, das sich wie Nesselbrand auf ihrer Haut ausbreitete, ein Krampf verbiß sich erst in ihrer Fußsohle und attackierte dann die Wade. Sie schrie auf vor Schmerz, ein Laut, der sich in der umfassenden Gleichgültigkeit des Meeres verlor, und der Versuch, ihr Bein durchzustrecken, um den Krampf zu lösen, ließ sie unter die Wasseroberfläche sinken.

Paul saß in der U-Bahn, äußerlich nicht unterschieden von all den anderen Menschen, die der Arbeit oder sonst einem vernünftigen Tagesziel entgegenstrebten. Nur die kleine Reisetasche zu seinen Füßen erinnerte an das unsinnige Vorhaben. Noch bestand die Möglichkeit, einfach umzusteigen und zur Universität zu fahren, als hätte es seinen kopflosen Entschluß nie gegeben. Niemand würde davon erfahren. Ein rechtzeitig korrigierter Akt momentaner Verzweiflung, dessen Lächerlichkeit er dann nur vor sich selbst rechtfertigen müßte.

Aber Paul blieb sitzen, stierte auf sein Spiegelbild in der Fensterscheibe, wenn der Zug durch die Dunkelheit der Tunnelröhre dröhnte, registrierte die Augenringe und das zerknitterte Leinenjackett, ehe ihn das Licht der nächsten Station von seinem übernächtigten Anblick erlöste.

Ein Penner mit Plastikbeuteln stieg zu, eine Bierdose in die Armbeuge geklemmt und vor sich hinbrabbelnd. Der Zug ruckte an, die Bierdose fiel zu Boden und lief aus, und der Penner trat sie wütend platt. Das scharfkantige Geräusch schmerzte Paul in den Ohren.

Der Penner sah Paul böse an und fauchte: *Krachbumm*.

Paul schaute weg.

Am Flughafen suchte Paul eine Toilette auf, spritzte sich kaltes Wasser ins Gesicht und versuchte, seine Haare in Form zu bringen. Er riß ein paar Papiertücher aus dem Spender und trocknete sich ab. Als netter Schwiegersohn würde er nicht durchgehen, aber er mußte allen verfügbaren Charme mobilisieren, wenn er auf der Reisestelle von Lauras Airline einen verbilligten Standby-Flugschein ergattern wollte. Dort regierte eine strenge Frau fortgeschrittenen Alters, die einen ruppigen Umgangston pflegte, wie Paul von früheren Besuchen in Lauras Begleitung her wußte. Ihr Gebaren hätte jeden abschrecken müssen, doch genau das konnte auch eine Chance sein. Er wollte es darauf ankommen lassen. Eine Frau, die wahrscheinlich nie Komplimente hörte, war zu entwaffnen, wenn man sie direkt mit dem Herzen überrumpelte.

Hoffte er jedenfalls.

Zwanzig Minuten später hatte Paul sein Pulver bereits verschossen. Ungerührt blickte ihn die Reisestellenleiterin über ihre randlose Lesebrille hinweg an, als er seine Notlage schilderte, an ihr Mitgefühl appellierte, sich auswies, Lauras Personalnummer nannte und insiderhaft das System AIDA wie eine Zauberformel raunte.

Es half nichts. Nur Laura als Angestellte durfte Flugscheine erwerben. Die eiserne Jungfrau war nicht zu bewegen.

Er nahm seinen Paß zurück, blätterte enttäuscht in den Seiten voll bunter Einreisestempel und sprach dann ohne Schwung weiter.

Es war seltsam, aber in Anwesenheit dieser offenbar gleichgültigen Zuhörerin brachte er zum ersten Mal über die Lippen, was er vor Laura stets verborgen hatte.

„Wissen Sie", sagte er, „die Sorge um meine Frau macht mich ganz krank. Nicht erst seit gestern, meine ich. Sie fliegt an all diese Orte… Klar, das ist ihr Job, und sie macht ihn gern. Aber sie ist so weit *weg*, abgeschnitten von mir, und ich kann sie nicht beschützen. Manchmal kommt es mir wie ein Wunder vor, wenn sie dann wieder *da* ist, als wäre nichts gewesen, nach Tausenden Kilometern und übersprungenen Zeitzonen… Ich *weiß*, daß es Sicherheit nicht geben kann, aber dieses Wissen macht es nicht erträglicher. Ich liebe meine Frau und habe mehr Angst um sie als ich je für mich aufbringen könnte…"

Paul verstummte und sah aus dem Bürofenster. Ein Jumbo rollte über eine Zubringerbrücke, die Brücke wirkte zu schwach gebaut.

„Können Sie das verstehen?", sagte er schließlich, ohne eine Antwort zu erwarten.

Die Reisestellenleiterin klickerte auf der Tastatur ihres Computers.

„Mein Mann war Pilot", sagte sie nach einer Weile mit beherrschter Stimme. „Er ist vor zwölf Jahren mit einer *Piper Comanche* abgestürzt. Auf einer Flugschau. Er ist gern geflogen."

Paul wußte nicht, was er sagen sollte. Sein Geständnis fiel in ein Luftloch.

Die Frau hielt ihren Blick auf den Monitor gewandt.

Der Drucker fiepte Morsezeichen fremden Unglücks.

„Tut mir leid", sagte Paul.

Die Frau nickte und reichte ihm überraschend die Flugscheine.

„Man gewöhnt sich nie daran", sagte sie.

Paul rechnete kaum damit, schnell wegzukommen, weil die Maschinen nach Frankfurt oft voll waren, aber man setzte ihn nicht mal auf die übliche Warteliste, sondern händigte ihm gleich eine Bordkarte aus. Er holte sich am Zeitungskiosk noch ein Magazin, dessen Redaktionsschluß vor der Zeitenwende lag, die der gestrige Tag absehbar markieren würde, ließ die verstärkte Sicherheitskontrolle über sich ergehen und ging an Bord.

In der Dreierreihe saß er am Gang, wo er am liebsten saß, der Mittelplatz blieb frei, und am Fenster hockte ein Mann über Sechzig mit Stirnglatze und breiter Nase, der ihm kurz zunickte.

Paul schnallte sich an, noch bevor die Aufforderung dazu kam, und blätterte zerstreut in seinem Magazin.

Es gelang ihm nicht, seine Aufmerksamkeit auf einen Artikel festzulegen. Aus den Augenwinkeln bemerkte er, wie sich der Mann herüberbeugte und mitzulesen versuchte. Auf die Art konnte sich Paul noch weniger konzentrieren. Er war schon drauf und dran etwas Gehässiges zu sagen, unterließ es jedoch und bot dem Mann schließlich seufzend das Magazin an.

Der Mann bedankte sich erfreut auf Englisch, rutschte auf den Mittelplatz und erklärte Paul seine Neugier.

Er erwarte einen Beitrag über sich, wisse jedoch nicht, ob in dieser oder der nächsten Ausgabe. Paul runzelte die Stirn. Ein Aufschneider?

„Ich bin Schriftsteller", sagte der Mann und schlug das Inhaltsverzeichnis auf.

Warum redet er Englisch mit mir, wenn er eine deutsche Zeitschrift lesen kann, dachte Paul. Vielleicht will er nur seinen Namen lesen, falls das Ganze nicht Hochstapelei ist. Schriftsteller… Wenn dieses Magazin einen Beitrag über ihn brachte, sollte Paul den Mann eigentlich kennen. Wenigstens dem Namen nach.

„Wie heißen Sie?", fragte Paul.

„Elmir Adon", sagte der Mann. „Ich komme aus Israel."

Paul durchforstete sein Gedächtnis, der Name klang nicht unbekannt, blieb aber ohne Bezug zu irgendeinem Buchtitel.

„Es ist ein neues Buch von mir in Deutschland erschienen, deshalb hat mich mein Verleger eingeladen." Der Mann schlug das Magazin wieder zu.

„Ihr Verleger läßt Sie zweiter Klasse fliegen", bemerkte Paul.

„Ja, es ist nur ein kurzer Flug. Und wenn wir abstürzen, ist es egal, wo ich sitze, oder?" Der Mann lachte ansteckend.

Paul sah dem Mann ins Gesicht. Sein verbliebenes Haar war grau, die Augenbrauen aber buschig schwarz. Drei Warzen bildeten die Eckpunkte eines nahezu gleichseitigen Dreiecks.

Der Mann angelte nach einer Ledertasche und zog ein Buch heraus.

„Die deutsche Ausgabe", sagte er.

Auf dem Cover sah man den nackten Rücken einer Frau.

Aarons Liebe, las Paul.

Der Mann drückte Paul das Buch in die Hand und kümmerte sich um seinen Sitzgurt, da das Flugzeug langsam zu rollen begann.

Paul warf einen verstohlenen Blick auf das Autorenfoto des Umschlags. Der Mann neben ihm schien der, als der er sich ausgegeben hatte.

Paul überflog ein paar Zeilen der Kurzbiographie.

In Bagdad geboren... Persönlicher Referent von Shimon Peres... Berater unter Golda Meir und Jitzchak Rabin... Bestseller in Israel...

Unter anderen Umständen hätte Paul mit Begeisterung auf einen solch hochkarätigen Gesprächspartner reagiert.

„Herzlichen Glückwunsch", sagte er förmlich.

„Wo fliegen Sie hin, am Tag danach?", fragte Elmir Adon.

The day after... Paul horchte dem Klang des englischen Halbsatzes nach, den er mit einem Filmtitel assoziierte. Ein nukleares Weltuntergangsszenario, wenn er sich richtig entsann.

„Ich will zu meiner Frau", sagte Paul, als wäre es ein Mantra.

„In Frankfurt?"

„Nein, in Kuba. Sie ist Flugbegleiterin."

„Ein schöner Beruf", sagte Elmir Adon. „Normalerweise…"

„Hmm", machte Paul.

Die Maschine raste jetzt über die Startbahn und hob ab.

Pauls Hände wurden feucht, und er rieb sie an seinen Hosenbeinen.

„Urlaub in der Sonne", rief Elmir Adon über den Lärm der Triebwerke hinweg, „das ist eine gute Idee. Man darf sich nicht unterkriegen lassen."

Paul hatte ein flaues Gefühl im Magen.

„Wir in Israel werden täglich vom Terror bedroht. Wenn man morgens ausgeht, weiß man nicht, ob man abends wiederkommt. Man hat unaufhörlich Angst um jedes Familienmitglied. Doch das hat unseren Geist nicht gebrochen."

„Wo leben Sie?", fragte Paul.

„In Gilo, einem Stadtteil Jerusalems. Knapp jenseits der *Grünen Grenze* und in den besetzten Gebieten."

„Wie sieht die Welt aus, wenn man sie von da betrachtet?"

Elmir Adon überlegte.

„Bis vor anderthalb Jahren war es wunderschön, sehr ruhig, mit einer großartigen Aussicht.

Für mich war Gilo eine Zuflucht, der Stille wegen. Mit dem Ausbruch der zweiten Intifada änderte sich das radikal. Palästinensische Heckenschützen…

Gilo wurde gefährlich, angsteinflößend, gar nicht ruhig. In der Nacht und in den frühen Morgenstunden hören wir die Schüsse aus Bethlehem und die Helikopter, die das arabische Dorf Beit Jallah beschießen. Jeden Morgen um halb fünf habe ich auf der Terrasse Turnübungen gemacht: als Morgengebet. Das ist passé."

Die Maschine erreichte die Reiseflughöhe, und die Anschnallzeichen gingen aus. Kurz darauf begann das Kabinenpersonal, Getränke zu servieren. Paul konnte kein bekanntes Gesicht unter den Flugbegleitern entdecken, das ihn mit Laura in Verbindung bringen würde, und entspannte sich. Die Anonymität ersparte ihm Auskünfte, die seine beschämende Verwirrung entlarvt hätten. Als er an der Reihe war, nahm er einen Gin-Tonic.

„Was arbeiten Sie?", fragte Elmir Adon.

Paul erzählte ihm von der Universität.

„Ich hätte heute ein Seminar gehabt", sagte er. „Na ja, an ein gewöhnliches Seminar wäre nicht zu denken gewesen, aber ich hätte Antworten geben müssen, einen Standpunkt vermitteln…

Etwas dieser destruktiven Energie entgegensetzen, das überzeugt. Das kann man nur, wenn man selbst überzeugt ist."

Paul fischte das Zitronenscheibchen aus seinem Plastikbecher.

„Diese jahrelangen Bemühungen um das *Verstehen*", fuhr er fort, „und mit einem Schlag scheint alles absurd."

„Das Ziel des Verstehens muß nicht *Einverständnis* sein", wandte Elmir Adon ein.

„Ja", sagte Paul. „Das Schlimme ist, daß die Welt auf eine private Angst schrumpft. Daß man selbst ganz klein wird.
Meine Frau, sie heißt Laura, sie…" Paul brach ab und trank seinen Gin-Tonic in einem Zug. Das Eis schlug ihm gegen die Zähne, und der Schmerz kroch in die Zahnhälse.

„Ich will sie nach Hause holen", sagte er nach einer Weile.

„Aber wird dieses Zuhause noch derselbe Ort sein… in Zukunft?"

Elmir Adon sah ihn interessiert an. „Die Bedrohung war für Sie früher weit weg, nicht wahr? Nun scheint es denkbar, daß der Terror auch zu Ihnen nach Hause kommt."

„Man kann es zumindest nicht mehr ausschließen", gab Paul zu. „Aber ich meine vor allem das Lebensgefühl, die Haltung dem Fremden gegenüber. All das, was Lust auf die Welt gemacht hat." Er dachte kurz nach. „Woher kommt nur all dieser Haß?", sagte er dann.

„Neid", sagte Elmir Adon. „Vor Jahren traf ich in Amerika einen Palästinenser und versprach ihm, daß ich ihm das Land zeigen würde. Eines Tages rief er mich an und sagte: *Elmir, ich bin hier*. Natürlich löste ich mein Versprechen ein und machte mit ihm eine kleine Tour. Während ich ihn herumfuhr, sagte er:

Elmir, ich beneide euch. Ihr habt hier aus dem Nichts etwas gemacht. Er hatte Recht. Wo heute Gilo ist, war früher ein kahler Hügel."

Neid, dachte Paul, reicht als Erklärung nicht aus. Vielleicht stimmte das in Bezug auf Israel, und wahrscheinlich meinte es sein Sitznachbar auch so, aber darüber hinaus? Andererseits verhob man sich leicht, wenn man mit jemandem argumentierte, der im Herzen der Tragödie wirklich *lebte*. In diesem Zusammenhang betrachtet, empfand Paul einmal mehr Scham ob seiner Sorge um Laura. Sie kam ihm nicht *legitim* vor, was allerdings nichts an ihrem Vorhandensein änderte.

Die Welt wahrzunehmen, wie es Laura tat. Sie nicht von außen zu erklären, sondern einfach in ihr zu leben. Das versprach Heilung von Phobien. Er hatte noch viel zu lernen.

Die Maschine begann ihren Sinkflug durch die Wolkendecke.
Paul sah durchs Kabinenfenster wie sich die Landschaft öffnete. Geometrische Felder, wie Teppiche verlegte Grünflächen, gebürstete Wäldchen und Häusergruppen gleich elektronischen Bauelementen auf einem Schaltkreis.
Aus dieser Höhe betrachtet, schien nirgendwo Raum für Zuflucht.

Die Maschine rollte aus, und noch ehe die Anschnallzeichen verlöschten, begannen die Passagiere hektisch ihr Handgepäck aus den Fächern zu zerren.

Elmir Adon machte keine Anstalten, es ihnen gleichzutun, und so blieb auch Paul sitzen.
Er warf noch einen Blick auf das Cover des Buches, die Frau trug ihr schwarzes Haar hochgesteckt, wie es auch Laura manchmal tat. Dann wollte er das Buch zurückgeben.

„Behalten Sie es", sagte Elmir Adon.

„Das kann ich nicht annehmen", sagte Paul.

„Es ist alles ganz eitel, sprach der Prediger, es ist alles ganz eitel... und Haschen nach Wind."
Elmir Adons Stimme klang, als machte er sich über sie beide lustig.

Salomo, dachte Paul und erinnerte sich an einen Vers aus demselben Kapitel: *Denn wo viel Weisheit, da ist viel Grämens; und wer viel lernt, der muß viel leiden.*
Er zögerte immer noch.

„Vielleicht finden Sie ja einen Ansatz für ihre Studenten darin", sagte Elmir Adon. „Etwas, das Sie *überzeugt*. Und Liebe kommt auch vor." Elmir Adon zwinkerte ihm zu.

Paul lächelte. „Das ist ein kostbares Geschenk", sagte er.

Sie standen auf und gingen durch die leeren Sitzreihen zum Ausgang.

„Viel Glück auf Ihrer Reise", sagte Elmir Adon zum Abschied im Flughafengebäude.

Paul sah ihm nach, wie er zwischen den anderen Reisenden entschwand. Dann schaltete er sein Handy ein.

Laura starrte auf den Ball zwischen ihren schrumplig aufgeweichten Händen, an den sie sich seit Stunden klammerte.
Sein schmutziges Orange leuchtete wie eine Erinnerung an die Sonne, die soeben untergegangen war und damit ein letztes Mal die Richtung beglaubigte, in der das Land lag.
Der Ball war kein Ball.

Es war eine kleine Boje mit einer Öse und einem Seilrest, vielleicht von einem Treibnetz oder einer Badestrandmarkierung.

Die Boje besaß nicht genügend Auftrieb, um Lauras Körper ganz zu tragen, sie mußte sich nach wie vor bewegen, ermöglichte jedoch ein Schwimmen unter minimalem Einsatz der Kräfte.

Kräfte, von denen sie nicht wußte, woher sie ihr Körper nahm, der sich seit den Krämpfen verselbständigt zu haben schien.

Irgendwann hatte sich ein Teil von ihr aus der Willkür des Körpers gelöst und schwebte wie ein begleitender Seevogel über dem strampelnden Etwas, das weitermachte, als folge es einem eingeschriebenen Programm.

Sie war durch alle Stadien zwischen Hoffnung und Verzweiflung getrieben. Ein Frachtschiff schien für eine Weile einen Kurs zu halten, der in ihrer Nähe vorbeiführte, war dann aber doch viel zu weit weg und viel zu schnell gewesen, als daß eine Chance bestanden hätte, bemerkt zu werden. Sie hatte ja selbst die kleine Boje erst entdeckt, als diese bereits wenige Schwimmzüge neben ihr dümpelte und sie zunächst für einen Kürbis gehalten.

Ein einmotoriges Propellerflugzeug war in geringer Höhe über sie hinweggeflogen, sie winkte und schrie, man mußte sie doch gesehen haben, weit und breit gab es nichts, was die Aufmerksamkeit ablenken konnte, und sie selbst erkannte sogar die Silhouette des Piloten in der Kanzel, aber die Maschine kam nicht zurück, wackelte nicht mit den Tragflächen oder tat Sonstiges, was ein Zeichen hätte sein können, daß ihre Notlage erfaßt worden war, sondern flog geradewegs zur Küste, die Laura schon lange nicht mehr sehen konnte.

Sie weinte, bis auch dafür die Energie ausging.

Sie fror, bis sich die Empfindung für Kälte aufbrauchte.

Sie dachte an Paul, der ihr einmal gesagt hatte, daß der Tod durch Erfrieren ein sanfter sei. Ein stilles Hinübergleiten, eine undramatische Kapitulation vor der letzten Müdigkeit.

Jedes Frieren an einem verregneten Herbsttag, an dem man vielleicht auf den Bus wartete, sei unangenehmer.

Aber in der Karibik erfror man nicht.

Scheiß neunmalkluger Paul! Er sollte es mal mit Ertrinken versuchen. Ertrinken war *nicht* einfach.

Der plötzliche Zorn gab ihr Kraft, bis er verrauchte.

Dann dachte sie mit Liebe an seine Fürsorglichkeit.

Manchmal kam er ihr vor wie ein Bodyguard, der einen unsichtbaren Knopf im Ohr hatte und konzentriert den Warnungen lauschte, die er sich selbst einflüsterte.

Der einem Wahn der Vorhersehbarkeit erlag. Getrieben aus Angst um sie, wie ihr jetzt klar wurde. Paul, ihr bemitleidenswerter Beschützer, der so weit weg war, weiter als jeder Strand, im entscheidenden Moment nicht da. Er hatte die Meeresströmung nicht berechnet, die sie aus seinem Leben forttragen würde. Armer Paul! Was würde aus ihm werden?

Würde er darüber hinwegkommen?

Sie wollte natürlich nicht, daß er einfach über sie hinwegkam. Er sollte nur nicht so lange leiden. Er sollte die Erinnerung an ihre glückliche Liebe behüten, die in seinem trainierten Gedächtnis gut aufgehoben schien, damit etwas von diesem Glück weiterlebte.

Damit ihr sinnloses Verschwinden in einem gleichgültigen Meer doch noch eine Spur hinterließ.

Laura drehte sich auf den Rücken und hielt die Boje im Nacken. Sie bewegte ihre vorsichtig gestreckten Beine, die jetzt blaß im dunklen Wasser schimmerten und sah hinauf in den violetten Himmel, wo sich die schnell hereinbrechende Nacht wie schwarze Tinte verteilte. Sie sah Sterne aufglimmen, und sie dachte an deren uraltes Licht, das sie jetzt und hier erreichte, obwohl einige der Sterne schon lange nicht mehr existierten. Der Gedanke tröstete sie ein Weilchen.

Dann plätscherte es wie von einem heftig durchgezogenen Paddel. Kurz darauf gleich noch einmal.

Dann herrschte wieder absolute Stille, aber der heillose Schrecken war urplötzlich zurückgekehrt. Sie hatte geglaubt, ihn zurückgelassen zu haben wie das lecke Kajak. Der Teil ihres Selbst, der sich in den Vogel geflüchtet hatte, kehrte in ihren ausgezehrten Körper zurück.

Im letzten Zwielicht suchte sie wassertretend die glatte Oberfläche des Meeres ab. Ihr Herz trommelte im Kehlkopf.

Sie preßte die Boje an ihre Brust. Ihre Augen brannten.

Schließlich sah sie kurz wie eine Sinnestäuschung das graue Dreieck einer Finne.

„Du bist ein Delphin", flüsterte Laura. „Du bist ein Delphin, und du willst nur spielen. Willst dir mit mir die Zeit vertreiben, nicht wahr?"

Sie versuchte, ruhiger zu atmen. Delphine waren klug und friedlich. Delphine konnten Menschen retten, das wußte jeder. Man ritt auf ihnen ans rettende Ufer.

Sie sperrte sich gegen jede andere Vorstellung. Schottete ihr Inneres ab vor dem Ungeheuren aus der meilentiefen See.

Sie spürte einen brutalen Stoß gegen ihren Oberschenkel, der abglitt. Eine Sandpapierhaut schürfte sie auf und entfachte sengenden Schmerz. Laura wimmerte.

„Du tust mir weh, das darfst du nicht."

Sie zog die Beine an, und ihr Kinn sank auf die Boje.

Aber so war sie zu schwer, konnte die Boje sie nicht tragen, und sie mußte sich wieder lang machen und weiterschwimmen.

Sie bewegte nur ihre Unterschenkel, und nicht mehr, als nötig war.

Ein paar Minuten vergingen, in denen nichts Sichtbares geschah. Sie wagte zu denken, daß der... *Fisch* sein Interesse verlor, wenn sie ihn ignorierte.

Dann ruckelte die Boje in ihren Armen. Zuckte wie der Schwimmer einer Angel, an deren Köder sich jemand zu schaffen machte. Der Seilrest der Boje hing zwei, drei Meter hinab. Und jetzt wurde daran gezogen. Nicht stetig, eher probierend.

Laura umklammerte die Boje und steckte einen Mittelfinger in die Öse. Er paßte zusammen mit der Seilschlaufe gerade so hinein. Freiwillig gab sie diesen letzten Hoffnungsballon nicht her. Nein, freiwillig nicht.

Das Ziehen hörte auf.

Wieder verging Zeit, die sich nicht messen ließ.

Sie sah etwas weiter weg einen fluoreszierenden Schein unter der gläsernen Haut des Ozeans, wie von Hunderten Teelichten.

Vielleicht ein Fischschwarm.

Ihr Arm schnellte auf wie ein Springmesser, das Ellbogengelenk schien zu explodieren, und die Boje schoß unter ihr weg. Der Finger brach, blieb aber in der Öse stecken, und sie wurde mit tonnenschwerer Wucht und rasender Geschwindigkeit in die Tiefe gerissen. Ein schwarzes Rauschen, ein furchtbar anschwellender Druck in den Ohren, Sekunden nur, dann bremste der Zug, weil die Boje oder der Finger oder der Arm ab waren.

Sie spürte keine Verbindung mehr. Sie spürte nichts.

Es gab weder oben noch unten. Schwerelos trieb sie in einer fensterlosen Raumkapsel. Schmerzlos.

Seltsamerweise hatte sie kein Bedürfnis zu atmen. Das mußte der Tod sein.

Pauls Gate lag am anderen Ende des Flughafens, und er ging zügigen Schrittes durch einen langen Tunnel, dessen Farblichtspiele von den LSD-Erfahrungen eines unterforderten Innenarchitekten inspiriert schienen. Rote, blaue und grüne Farbschleier loderten am Tunnelgewölbe. Nur richtig hell wurde es nicht. Die Passanten drängelten auf dem Laufband, versuchten sich zu überholen und blieben früher oder später stecken. Paul lief auf dem breiten und nahezu unbenutzten Gang nebenher. Auf der Hälfte der Strecke war das Laufband unterbrochen, hätte man aussteigen können und Bewegungsfreiheit gewinnen. Die Passanten begaben sich ohne Zögern auf den nächsten Bandabschnitt.

Paul wollte einchecken, der Flug war mit *Varadero* angezeigt, aber noch niemand am Schalter. Er war auch viel zu früh dran. Vielleicht wurde der Flug abgesagt, vielleicht erwischte ihn Laura in letzter Minute auf dem Handy, dann wäre seine hysterische Mission beendet. Einen Moment lang hoffte er es. Daß die Umstände für ihn entschieden, obwohl es seinem Charakter widersprach.

Paul hatte nie Probleme damit gehabt, Entscheidungen zu treffen. Er mochte es sogar. Herr über das eigene Leben zu sein. Irrtümer zu begehen. Recht zu behalten. Konsequenz. Selbst verantwortlich zu sein. Ohne Ausreden und Schuldzuweisungen an andere. Die Koordinaten der Freiheit.

Am Chimborazo hatten Thomas und er eine Entscheidung treffen müssen. Im Vollbesitz ihrer Kräfte. Dreihundert Meter unter dem Gipfel. Das Ziel greifbar nah. Wochenlang war Schnee gefallen. Der hüfthohe Schnee verdeckte Spalten und Brüche. Sie waren allein am Berg. Ein unkalkulierbares Risiko.

Aber das Wetterfenster war da. Dreihundert Meter. Lächerlich. Eine verlockende Chance. Und sie, zwei Freunde, die einander bedingungslos vertrauten, deren Psychen in der Erfahrung zahlloser Unternehmungen synchronisiert waren, in der Form ihres Lebens.

Sie hätten weitergehen können. Die Mühen rechtfertigen. Das Training. Die Investitionen.

Außerdem war Vernunft nicht sexy.

Sie waren abgestiegen.

Ohne Diskussion. Nur ein kurzer Blickwechsel.

Das Leben zählte. Nicht ein Prinzip.

Nie zuvor war Paul so stolz auf eine Entscheidung gewesen.

Die eine Niederlage besiegelte.

Zurück im Basislager fegten sie den Schnee von den Gedenkplatten für die unglücklich Gescheiterten.

Sahen unbekannte Namen auf grauem Schiefer. Sahen, was blieb.

Paul blickte sich unschlüssig am Schalter um. Er bemerkte einen Bundesgrenzschutzbeamten, dessen Maschinenpistole wie eine Wegfahrsperre an seinem dicken Bauch prangte. Die fleischigen Beine bogen sich unterhalb der Knie nach außen, als wären sie vom Gewicht des Mannes gespreizt. Ein Walkie-talkie krächzte an seiner Schulter wie ein verrücktgewordener Papagei.

Paul fragte sich, wen dieser Beamte in einer gegebenen Situation aufzuhalten vermochte.

Als der Beamte auf ihn aufmerksam wurde, nahm er seine Tasche und ging weg.

Er schlenderte durch einen Duty-free-Shop, sprühte sich aus einem Probeflakon eine Überdosis Eau de Toilette hinter die Ohren – wenigstens würde er gut riechen, wenn ihn Laura zur Begrüßung umarmte, eine Vorstellung, die ihn warm durchflutete –, packte Zigaretten und schwedischen Wodka in den Korb und steuerte die Kasse an.

Die Frau an der Kasse bedauerte, ihm ohne gültige Bordkarte nichts verkaufen zu können.

Er setzte sich in den Wartebereich eines Schalters, an dem nicht abgefertigt wurde. Eine türkische Reinigungskraft schob lethargisch ihren Wischmop unter einem Flachbildschirm hin und her, auf dem ein deutscher Nachrichtensender tonlos das übernommene *CNN*-Programm ausstrahlte. Sie hielt den Blick auf den Boden gerichtet und folgte wie ferngesteuert einer unsichtbaren Linie.

Auf dem Bildschirm sah man einen qualmenden Erdhaufen, auf dem ein paar Männer mit gelben Helmen herumkletterten.

Shanksville, Pennsylvania.

Man sah seltsamerweise kein Flugzeugwrack. Nur die kohlschwarze Narbe in einem grünen Feld.

Paul fiel auf, daß es auch keine Bilder von Toten gab.

Er hatte noch nicht einen einzigen Toten gesehen, dabei mußten es Tausende sein. Man sah fliehende Passanten und Rettungsmannschaften. Man sah die Todesspringer.

Bei aller Pietät schien es ihm unmöglich, die vielen Toten auszublenden. Oder irrte er sich? Löschte sein Bewußtsein das nicht Annehmbare? Zensierte ein innerer Filter die Wahrnehmung?

Der Wischmop fuhr ihm zwischen die Beine, und er hob sie mehr überrascht als verärgert an.

Die Türkin murmelte etwas, würdigte ihn aber keines Blickes. Sie machte einfach ihren Job.

Paul holte sein Handy raus. Ein letzter Versuch, dachte er.

Er hörte den Anrufbeantworter zu Hause ab.
Thomas´ verschlafene Stimme. Eine Einladung zum Katerfrühstück. Sonst nichts.
Dann tippte er noch einmal die Nummer des Hotels in Kuba ein.
Während er mit geschlossenen Lidern auf einen Rufton hoffte, drückte er sich mit seinen Fingern die Augäpfel in die Höhlen.

„Kommt schon, meldet euch", flüsterte er. Er drückte so lange, bis eine Wunderkerze auf seiner Netzhaut schmerzhafte Funken versprühte.
Er stellte sich vor, diese Funken mit dem Handy lenken zu können, hinauf zu einem Satelliten, der irgendwo über dem Meer flog und sie von dort auf die Insel Kuba regnen ließ. Ein Funkenregen, den Laura sehen mußte, wo auch immer sie gerade war.

Die Raumkapsel durchstieß die Hülle zu einer luftigen Sphäre.
Zu einer Zwischenwelt.
Laura spürte einen Windhauch an der Stirn und probierte zu atmen. Mehr aus Neugier als aus Atemnot.

Es ging ganz leicht.

Erstaunt öffnete sie die Augen.

Die Zwischenwelt, in der sie sich jetzt befand, ähnelte äußerlich der Welt, die sie verlassen hatte, fühlte sich aber völlig anders an. Gedämpfter und weicher und frei von Schmerz.

Eine schwarze Kugel löste sich vor ihr lautlos aus dem Untergrund, wie ein Komet mit einem seildünnen Schweif, blieb zeitlupenartig in der Schwebe, und fiel zurück.

Laura hörte kein Klatschen, sah nur Wellenringe, die sich auf der Oberfläche ausbreiteten.

Entweder gab es keine Geräusche in dieser Sphäre oder sie konnte nicht mehr hören. Es war, als hätte sie neben dem Schmerz auch eine Dimension des Schreckens zurückgelassen.

Vielleicht trieb man durch weitere Sphären und verlor so nach und nach seine Sinne. Und mit ihnen die Angst.

Langsam bewegte sie sich auf die Kugel zu, bis sie sie mit dem unverletzten Arm einfangen konnte. Die Hand des anderen Arms tauchte auf, der Mittelfinger ein geknickter Zweig an einem abgestorbenen Ast. Sie mochte nicht hinsehen.

Sie entsann sich der Schwimmbrille um ihren Hals, ließ kurz die Kugel los und zog sich die getönte Brille über die Augen.

So war es besser. Keine Farben und keine Kontraste.

Auf die Art konnte sie ihren Dämmerzustand bewahren, in einem Transitraum ohne Ausdehnung. Sie drehte sich in der neuerworbenen Stille und vor unsichtbaren Horizonten.

Der Lichtstrahl eines hellen Sterns brach sich in einem Wassertropfen an ihrem kleinen Brillenfenster. Er spaltete sich zu einem Doppelstern, zwei glitzernde Diamanten an einem Ring, ehe er wieder zu einer fernen Sonne verschmolz. Der Rest des Firmaments blieb hinter dem Brillenglas unsichtbar.

Sie beschloß, diesem Gestirn zu folgen. Vielleicht war es ein Wegzeichen und markierte den Eingang einer nächsten Sphäre. Aber bis dahin schien noch ein weiter Weg.

Und sie war unendlich müde. Sie wollte eine Pause einlegen.

Nur eine Minute, dachte sie, und döste darüber ein.

Wasser verschloß ihre Nase, und sie hob das Gesicht.

Du darfst jetzt nicht schlafen, Laura, sagte eine vertraute Stimme.

„Paul?"

Ja.

„Ich bin so froh, daß du bei mir bist."

Wir gehören zusammen.

Ihre Ohren schienen kaputt, aber Pauls Stimme war klar und deutlich zu vernehmen.

„Was soll ich nur tun, Paul?"

Schwimm zum Licht.

„Der Stern? Aber der ist so weit weg."

Schwimm, Laura.

Sie bewegte ihre Beine.

So ist es gut. Weiter.

„Was ist mit dem Fisch, Paul? Ist er noch da?"

Der Fisch ist immer da. Aber du darfst nicht aufgeben.

„Ich habe ihm doch nichts getan."

Denk nicht an den Fisch. Er ist, was er ist.

„Ich muß immerzu an ihn denken. Und ich kann ihn nicht sehen."

Denk an deine Kraft. Denk an uns.

„Ich will nicht sterben, Liebster."

Schwimm, Laura.

„Ich bin zu weit hinaus geschwommen. Ich habe leichtfertig alles aufs Spiel gesetzt. Es ist meine Schuld."

In der Liebe gibt es keine Schuld.

Sie versuchte, den Stern im Blick zu behalten. Das einzige Licht in der Dunkelheit.

Sie schwamm.

Der leblose Arm streifte ihre Hüfte.

Es war, als streichelte sie eine fremde Hand.

Denk an uns…

Sie dachte an den Abend nach der Party, auf der sie Paul bei ihren engsten Freunden eingeführt hatte. Die Kastanien blühten, sie hielten sich an den Händen und liefen durch die warme Luft im Park. Sie war erleichtert, daß er gut aufgenommen worden war. Denn neben der Sanftheit, mit der er sie behandelte, ahnte sie die Schärfe eines Verstandes, der verletzen und zurückweisen konnte, wenn er provoziert wurde. Mehr zum Spaß fragte sie:

„Und wie geht es weiter?"

„Ganz einfach", hatte Paul geantwortet. „Wir machen die größte Liebe unseres Lebens."

Bei jedem Anderen hätte sie gelacht.

Große Worte. Sie war kein kleines Mädchen mehr. Sie hatte ihre Erfahrungen. Aber er klang wie jemand, dessen Worte etwas bedeuteten.

Sie schwamm, die Kugel in der Armbeuge. Ihre Beine flatterten im Wasserwind. Sie dachte nicht mehr an den Fisch.

Der Leitstern veränderte seine Form. Er verwandelte sich in einen glühenden Tropfen. Er wurde größer. Aber nicht viel.

Er hing bedrohlich tief über dem unsichtbaren Horizont und lief Gefahr, ins Meer zu fallen.

Dann begann er zu hüpfen. Auf und nieder. Ein Licht-Jojo.

Sie flehte inständig, daß es nicht verlösche. Woran sollte sie sich dann noch halten?

„Paul?", schluchzte sie. „Das Licht…"

Pauls Stimme schwieg.

Sie würde also allein sterben. Ohne seinen Trost.

Sie strampelte heftig, und der Schmerz kehrte zurück.

Sie schrie, auch wenn sie ihre Schreie nur als dumpfes Brummen in ihrem Kopf vernahm.

Sie schrie Pauls Namen in die Finsternis.

Die Kugel rutschte ihr aus der Armbeuge und sie wischte sich die Brille von den Augen.

Sie sah einen kahlen Baum, der aus dem Meer wuchs.

In seiner Gabel hing eine Petroleumlampe.

Schwarze Silhouetten gestikulierten in ihrem Schein.

Teufel in menschlicher Gestalt. Sie sah ihre rollenden Augäpfel und offenen Münder. Sie sah ihre gierigen weißen Zähne.

Sie spürte sehnige Arme, die nach ihr griffen. Sie wehrte sich.

Ihr Körper fiel auf ein Netz, sie roch den Fischgeruch, und ihre Füße trommelten gegen glitschige Planken.

Sie war in einen großen hölzernen Sarg geworfen, und die Teufel tanzten barfuß um ihren Kopf.

Sie stieß mit der Faust gegen kalte, hart gespannte Haut und drehte den Kopf. Im Sarg neben ihr lag ein regloses Ungeheuer in einer Blutlache. Sein starres Auge fixierte sie.

Das Ungeheuer grinste aus mehrfachen Zahnreihen.

Jemand hielt ihre Füße fest, die immer noch auf die Planken schlugen, einem eigenen Willen gehorchend. Sie bäumte sich auf, ein letzter Widerstand gegen die Dämonen der Finsternis, ehe sich ihr Bewußtsein in samtiger Schwärze auflöste.

In der Maschine verlor sich ein Dutzend Passagiere.

Paul konnte sich nicht vorstellen, daß sich der Flug rechnete, aber schließlich mußten die Leute, die in Kuba waren, ja zurückgebracht werden. Außerdem war es nicht sein Problem.

Sein Problem bestand darin, daß der Flug nach Varadero und nicht nach Holguin ging. *Nur* nach Varadero.

Zwar hatte man beim Einchecken seinen Flugschein akzeptiert und eine Bordkarte ausgestellt, als er darum bat, aber der Fehler lag bei ihm. Er war davon ausgegangen, daß Varadero eine Zwischenlandung bedeutete, hatte im Flugplan nicht richtig geguckt, die Wochentage durcheinandergebracht oder etwas Anderes falsch verstanden. Die Flugscheine im Stand-by-Status galten für die Strecke, waren jedoch nicht an eine Flugnummer gebunden.

Jetzt fraß ihn der Ärger über sich selbst fast auf.

Er konnte sich nicht erinnern, daß ihm je eine solche Nachlässigkeit unterlaufen war. Ein vermeidbarer Fehler aus grober Unachtsamkeit. Etwas, das ihn schon bei Anderen wütend machte und sie in seiner persönlichen Wertschätzung sinken ließ. In den Bergen wurde fehlende Aufmerksamkeit radikal bestraft, und Paul hatte dies als gerecht empfunden, weil es auf mangelnden Respekt hinwies. Wer den Respekt vor seinen Zielen verlor, sollte disqualifiziert werden. Allerdings ließen sich die natürlichen Gesetze in den Bergen nicht ohne weiteres auf das Leben im *Flachland* übertragen. Einer Welt voller Kompromisse, Halbherzigkeiten und Konzessionen.

Wie man jedoch sah, wurde Überheblichkeit auch hier zu Fall gebracht. Paul empfand seinen Zustand als alarmierend.

Da half es auch nicht, sich die Sache mit dem Hinweis schönzureden, daß er seinem Ziel auf jeden Fall *näher* kam und zunächst keine Zeit verlor.

Jetzt mußte er die Sache durchziehen, selbst wenn die Annahme einer akuten Gefahr für Laura im Zusammenhang mit New York nicht mehr haltbar schien. Ein Abbruch wäre ihm unter diesen Umständen noch beschämender vorgekommen.

Ich bin nicht mehr in den Bergen, dachte Paul. Und ich sollte mich langsam daran gewöhnt haben. Ich habe diese Liebe angenommen und muß jetzt damit leben, daß sie mich Dinge tun läßt, die in Zeiten vor der Liebe undenkbar schienen.

Paul saß steif in seinem Sitz, hatte nicht einmal die Lehne zurückgestellt. Seine Hände umklammerten die Kopfstütze vor ihm. Die Reihe war unbesetzt. Er hätte genug Platz gehabt, um sich der Länge nach hinzulegen. Um sich zu sammeln. Stattdessen blickte er mit vor Müdigkeit tränenden Augen auf einen der Monitore, der die Flugroute anzeigte. Wie eine Spinne zog das kleine Flugzeugsymbol einen blutroten Faden vom Festland über den Ozean. Kubas Umriß glich nach Ansicht eines seiner Nationaldichter einem lachenden Krokodil.

Paul sah eher einen deprimierten Molch. Was auch immer, er würde die Amphibie der Länge nach durchqueren müssen.

Vom Schwanz zum Kopf. Gott sei Dank hatte er genügend Dollarnoten gewechselt, um den traurigen Molch füttern zu können und, hoffentlich, nicht in den Eingeweiden stecken zu bleiben.
Der Monitor blendete die Flugdaten ein. Reisezeit, Geschwindigkeit, Außentemperatur, Flughöhe…
Sie flogen höher als jeder Berg.

Eine Hand legte sich auf seine Schulter.

„Alles in Ordnung bei Ihnen?", erkundigte sich eine mitfühlende Stimme.

Paul schaute irritiert nach oben.
Dieselbe Uniform, die auch Laura trug.
Fast hätte er *Alles in Ordnung, Schätzchen* geantwortet.
Aber er schluckte nur kurz und sagte heiser:

„Ja, warum?"

„Sie sehen blass aus."

„Vielleicht können Sie ein paar Fenster aufmachen", versuchte Paul scherzend darüber hinwegzugehen.

„Wir wollen nicht, daß Sie sich erkälten", sagte die Stewardess. „Aber ich könnte Ihnen etwas zu trinken bringen."

„Vielen Dank, später vielleicht."

Die Stewardess musterte ihn. „Kennen wir uns nicht?"

Paul nahm die Hände von der Kopfstütze und legte sie in den Schoß. „Nicht, daß ich wüßte", sagte er.

Die Stewardess blieb stehen. Ihr junges Gesicht arbeitete angestrengt. „Ich komm noch drauf", sagte sie dann. „Und ich bring Ihnen was zu knabbern."

Pauls Blick folgte ihr den Gang entlang. Der Art wie sie ihre Hüften bewegte, entnahm er, daß sie seinen Blick vermutete.

Ich muß die Sache positiver sehen, dachte Paul und schloß die Augen.

Er versuchte sich seine Ankunft in Lauras Hotel vorzustellen. Wobei würde er sie antreffen?

Beim Surfen? Beim Joggen? Bei einem Salsa-Kurs?

Auf jeden Fall in Bewegung. Sie würde nicht in der Sonne liegen. Vielleicht ließ sie gerade ihren Drachen am Strand steigen, den sie immer im Koffer hatte, wenn es einen längeren Aufenthalt am Meer gab. Der Drachen war ein Flügelschirm in Regenbogenfarben und wurde mit zwei Lenkseilen gesteuert. Laura hatte es zu einiger Kunstfertigkeit darin gebracht, den Drachen atemberaubende Flugmanöver vollführen zu lassen. Sie besaß ein Gespür für die Luftströmungen und das Wechselspiel aus Nachgeben und straffer Bändigung. Sie vermochte mit Leichtigkeit den Drachen hin und her flitzen zu lassen oder seinen trudelnden Fall abzufangen.

Paul gefiel die Vorstellung, wie Laura vor einem türkisen Meer mit ihrem bunten Himmelsspielzeug tanzte. Wie er sich dazu gesellte und einen Arm um sie legte, als wäre er nur vor die Haustür getreten, und wie die Sorge verwehte...

Pauls Tischchen wurde heruntergeklappt, und er öffnete die Augen. Ein Becher Orangensaft schwebte zielgenau in die vorgesehene Aussparung. Eine gasflammenblaue Tüte Erdnüsse knisterte.

„Silvester '98, Sri Lanka. *Browns Beach Hotel.* Wir haben zusammen gefeiert. Du bist Lauras Mann und hast starke Caipirinhas gemixt. Deine Haare waren kürzer. Deshalb habe ich dich nicht gleich einordnen können."

Ihre Stimme war ein einziger Triumph.

Paul fuhr sich automatisch über den Kopf. Haare waren für die *Einordnung* unverzichtbar. Jedenfalls bei bestimmten Frauen.

Er nickte und schielte nach ihrem Namensschild.

Katie irgendwer. Er erinnerte sich zwar genau an Sri Lanka, aber nicht an sie.

„Laura und ich waren auf dem selben Umlauf", erklärte Katie.

„Ach so, klar."

„Und auf eurem Zimmer hat mir Laura gezeigt, wie man einen Sari wickelt, weißt du noch?"

„Na-*türlich*", sagte Paul. Vor seinem inneren Auge erschien Laura. Katie nicht.

„War eine schöne Party", sagte er und hoffte, daß es stimmte.

Katie schien sich über seine einsetzende Erinnerung zu freuen. „Und, immer noch der Abenteurer?" Sie lehnte sich an den Gangsitz gegenüber und verschränkte die Arme.

Paul hüstelte. „Kommt drauf an, was man darunter versteht." Er fragte sich, ob er aus dem Mund roch und trank einen Schluck Orangensaft.

„Gefährliche Sachen machen", sagte Katie lächelnd und strich sich eine blondierte Strähne hinters Ohr.

„Leben ist immer lebensgefährlich", sagte Paul. „Ich bin jetzt meistens mit Laura unterwegs."

„Ich hab ein Bild von eurer Zigeunerhochzeit im Office gesehen. Müssen jede Menge Leute dagewesen sein."

Sie machte eine Pause.

„Ich war nicht eingeladen", sagte sie dann und tat so, als schmollte sie.

„Wir haben einen Zufallsgenerator verwendet", sagte Paul und grinste. „Bei mir haben wir geschummelt. Sonst wäre ich auch nicht auf die Gästeliste gekommen."

Katie verdrehte die Augen.

„Wo ist Laura eigentlich?", fragte sie, als witterte sie etwas.

„Holguin."

„Bist du hängengeblieben?"

„Kann man so ausdrücken."

Katie stutzte.

„Und wie kommst du von Varadero dahin?"

„Auf dem Landweg. Ich werde in Varadero abgeholt."

Katies gezupfte Augenbrauen sprangen in ihre glatte Stirn.

„Tausend befreundete Taxifahrer warten auf mich", sagte Paul. „Wie überall. Sie schreien: *Ma Fräänd…*" Pauls Stimme wurde unwillkürlich schärfer. „Sie haben wahrscheinlich auch Rum, Zigarren oder eine hübsche Schwester im Angebot. Ich werde die Schwester auslassen und eine Fahrt nach Holguin buchen."

„Na, viel Spaß", sagte Katie sichtbar befremdet. „In Kuba herrscht Spritmangel."

„Und ein Dollardefizit", sagte Paul. Er merkte wieder, wie leicht man zur Rolle des Gringos kam. Egal, wie man sich tatsächlich verhielt. Mit den *dólares* wurde man zum Gringo. Punkt. Neu für ihn war der diffuse Zorn, der kurz in ihm aufgewallt war. Und, daß es manchmal erleichterte, fies zu sein. Falls ihm dort jemand seine Genugtuung über die Ereignisse in *Nueva York* präsentierte, würde er fies sein.

„Ich werd mal wieder arbeiten", sagte Katie und strich über ihren Rock. „Wenn du was brauchst, dann..."

„Danke für das Knabberzeugs", sagte Paul und drückte auf die Erdnusstüte.

„Du könntest eigentlich auch in die Business Class..."

„Schon gut", unterbrach sie Paul. „Ich sitze hier ganz passabel."

Er hing Gedanken nach, die Katie unabsichtlich ausgelöst hatte. Fächerte die Erinnerungen an den Jahreswechsel in Sri Lanka auf wie Karten, die man in der Hand ordnen, aber unterschiedlich ausspielen konnte.

Das Silvestermahl war ihm in seiner luxuriösen Maßlosigkeit als obszöne Völlerei erschienen. Das Büffet, eine 30 Meter lange Tafel, quoll über von Fleisch und Fisch, von Pfannengerichten und Früchten, von Kuchen und Desserts, während in Steinwurfweite Bettler und Krüppel in verwesenden Abfallhaufen nach Eßbarem stöberten, in Konkurrenz zu mageren Hunden und Katzen.

Das Nebeneinander von Luxus und tiefstem Elend stellte für ihn beileibe keine Überraschung dar, das gab es fast überall und er gehörte nicht zu denen, die sich in Selbstvorwürfen moralisch kasteiten. Die Herrschaft der *Anderen* würde nie gerechter ausfallen, sie würde nur wechseln. Er kannte die Lebenstatsachen und hatte sie, wie er fand, kaum zu verantworten. Aber nie zuvor war ihm seine Teilnahme am Wohlleben so grell provozierend vorgekommen, was zu einem Gutteil daran lag, daß seine privaten Reisen mit Laura stets in bescheideneren Bahnen verliefen und sich mit dem Notwendigen zufrieden gaben. Zehn-Dollar-Hotels und Garküchen am Straßenrand.

Die wachsame Nervosität der Militärs an den allgegenwärtigen Straßensperren um Colombo, verschanzt hinter sandgefüllten Benzinfässern, hatte Gründe. Überall konnten tamilische *Tigers* mit Selbstmordkommandos losschlagen. Aber in den Spiegeln, mit denen sie die Fahrzeugunterböden nach Autobomben absuchten, mußten sie hin und wieder auch sich selbst erblicken.

Legte man die Karten anders aus, ergab sich ein exotisches Liebeskapitel im Land der Hyazinthen und Rubine, in dem Laura und er unter der Laterne des Mondes nackt in den Riesenwellen des

Indischen Ozeans badeten, Fahrradtouren durch Bananenhaine, Teegärten und Gewürzplantagen entlang des alten holländischen Zimtkanals unternahmen oder in einer zerfallenden Kolonialvilla vor einem tropischen Gewitterguß unterschlüpften. Froh, beieinander zu sein und dem Regen zu lauschen. Regen, der auf Dächer trommelte und mit schweren Tropfen die heiße Luft zu Boden drückte. Regen, der sich in großen Blattkelchen sammelte und zu den Elefantenfüßen der Palmen abfloß. Regen, der sich auf der Erde in Lehmblut verwandelte.

Am Neujahrstag waren sie mit einem Auslegerboot hinaus aufs Meer gefahren. Die Singhalesen befeuchteten mit einer Schöpfkelle das braune Segel, damit es schwer wurde und gut im Wind lag. Sie segelten zu einem alten Schiffswrack auf einem Korallenriff. Nur noch ein kleiner Teil der Bordwand ragte aus dem Wasser. Rostiger Stahl im blauen Meer.

Die violetten Wolkentürme der vergangenen Tage waren verschwunden und man sah sehr weit. *Lankadiva*, die Insel der Götter, auf der man vor langer Zeit den Garten Eden vermutete, zeigte sich scharf umrissen.

Und in der Ferne sah man sogar die *Twin Towers* von Colombo.

Laura schlug die Augen auf. Sie sah Gegenstände, die sie identifizieren konnte, aber die Wirklichkeit schien ihr von so dünner Stofflichkeit wie das Laken, mit dem sie zugedeckt war. Sie befürchtete, daß es weggezogen werden konnte und Unfaßbares zum Vorschein käme. Sie fühlte sich federleicht, bewegte sich jedoch nicht. Ihr Körper lag auf einer Matratze zu ebener Erde und war ohne spürbares Gewicht. Sie sah einen leeren Schaukelstuhl, grob verputzte Wände mit Wasserflecken und ein Fenster, in dem sich gußeiserne Streben nach außen krümmten. Ein schräger Sonnenstrahl voll schwirrender Staubpartikel sammelte sich als Lichtpfütze auf dem nackten Zementboden. Der Eingang hatte keine Tür, nur einen zur Seite gezogenen Vorhang. Auf der Schwelle stand reglos ein Hahn und glotzte sie mit halb geöffnetem Schnabel an. Er schüttelte den blutleeren Fleischlappen auf seinem Kopf, streckte den dürren Hals vor und krähte, aber Laura hörte es nur als fernes und leises Zirpen. Dann hob er einen kümmerlichen Strauß verbliebener Schwanzfedern und schiß. Er drehte sich staksend um und besah sein Werk. Plötzlich wurde er aufgescheucht, sprang davon, und ein großer Schatten füllte den Eingang.

Laura sah einen üppigen Frauenkörper und Lockenwickler über einem tiefschwarzen Gesicht. Die Frau kam plattfüßig zu ihrer Matratze hin und bückte sich mit ausladendem Hinterteil, was sie einige Anstrengung kostete. Sie war im Begriff, eine halbierte Colaflasche mit einer orange leuchtenden Flüssigkeit ans Kopfende zu stellen, als sie bemerkte, daß Laura wach war. Ihr Gesicht erstrahlte, und die wulstigen Lippen stülpten lautlose Worte hervor. Sie schob eine fleischige Hand unter Lauras Kopf und führte den Becher an ihren Mund. Laura roch den starken Mangoduft und trank. Sie trank erst mit langsamen Zügen, wie um die hauchzarte Hülle, als die sie sich empfand, vorsichtig mit Ballast zu füllen. Dann schneller, weil ein heftiger Durst aufkam, der nicht stillbar schien.

Als der Becher leer war, sank ihr Kopf auf die Matratze zurück. Die Frau zeigte über Laura hinweg zur Wand und bekreuzigte sich. Sie zeigte noch einmal und Laura drehte den Kopf.

Da hing eine wellige Pappe mit dem aufgezogenen Bildnis der Jungfrau Maria. Die Jungfrau schmiegte sich mit ausgebreiteten Armen an ihren Untergrund, ein dünnes Floß, das im Packeis rissigen Wandputzes gefangen schien.

Laura schloss wieder die Augen.

Wo war sie? Sie glaubte sich zu erinnern, aufs Meer hinaus gepaddelt zu sein. Dann mußte etwas schief gegangen sein.

Sie war geschwommen. Lange. Es kam ihr vor wie ein Traum.

Die unsichtbare Strömung, der verzweifelte Kampf gegen eine gleichgültige Kraft, das Hereinbrechen der Dunkelheit…

Das alles deutete auf einen Alptraum hin. Sie vermeinte in ihrem Körper noch die Nachwehen einer Traumlähmung zu spüren. Aber warum hörte sie nichts? Außerdem wachte sie nach schlechten Träumen meist in einem Hotelzimmer auf, und dieser Raum war kein Hotelzimmer. Nicht, daß sie der Ort beunruhigt hätte. Mit Paul nächtigte sie oft genug in vergleichbaren Hütten.

Mit Paul?

Paul war nicht da. Dafür eine schwarze Frau, die ihr freundlich gesonnen schien.

Es fiel ihr wieder ein, daß sie auf Kuba war.

Aber wo? Wenn sie auf dem Meer abgetrieben war, konnte sie auf einer der vorgelagerten *Cayos* gelandet sein. Sicher nicht ohne Hilfe. Leider waren in ihrem Erinnerungsfilm entscheidende Szenen herausgeschnitten. Und zu fragen schien sinnlos, wenn man die Antwort nicht hören konnte.

Sie überlegte, wie sie sich verständlich machen könnte.

Papier und Stift wären ein Anfang. Aber was aufschreiben?

Für größere Zusammenhänge reichte ihr Spanisch nicht aus.

Zumal der gegenwärtige Zusammenhang ein mehr als löchriges Tuch darstellte. Mit Gewißheit konnte sie ihren Namen und ihre Herkunft sagen. Und sie war bestimmt mit der Crew hier. Aber schon den Namen des Crewhotels hätte sie nicht mehr zu nennen gewußt. Fakten, die hier wahrscheinlich sowieso nichts bedeuteten. Kaum zu glauben, wie leicht man durch die Maschen der eigenen Existenz rutschen konnte. Doch so einfach ging man heutzutage nicht verloren. Oder?

Sie mußte aufstehen und die Sache selbst in die Hand nehmen.

Liegenbleiben half ihr nicht weiter.

Die Frau war nicht mehr im Raum.

Laura versuchte, sich mit einem Ruck in den Sitz hochzustemmen, fiel aber sofort zurück, weil der rechte Arm den Dienst versagte. Ein Schmerz wie ein Stromstoß jagte vom Ellbogen in die Schulter und trieb ihr Schweiß auf die Stirn. Sie biß sich auf die Lippen bis es metallisch schmeckte und hielt die Luft an. Es dauerte eine Weile, ehe sie in der Lage war, mit der anderen Hand das Laken zu lüpfen.

Der ganze Arm war furchtbar geschwollen. Die Finger schimmerten blaugrün auf einem Sperrholzbrettchen, jemand hatte sie notdürftig geschient. Sie sahen aus wie mit Stoffstreifen gefesselte Riesenlibellen. Unterhalb des Ellbogens spürte Laura nichts, der Schmerz lauerte pulsierend in der Armmitte.

Sie deckte das Laken ganz auf. Ein Oberschenkel war mit einer lockeren Textilwindel umwickelt. Darunter suppte eine großflächige Wunde. Laura stiegen Tränen in die Augen.

Mit verschleiertem Blick nahm sie noch die zu großen Männershorts und das T-Shirt wahr, die man ihr angezogen hatte. Dann zog sie das Laken wieder über sich.

In dem Zustand kam sie allein nirgendwo hin.

Aber sie brauchte schnellstens einen Arzt.

Die Schmerzen waren bis jetzt auszuhalten, doch sie dachte an den schlimmen Arm. Der sah aus, als müßte man ihn vielleicht amputieren.

Wundbrand, dachte sie, wußte aber nicht, ob man den auch ohne offene Wunde bekommen konnte.

Sie war am Leben, sie sollte dankbar sein. Was aber war ihr Leben wert, wenn ihr ein Arm genommen wurde und sie überdies vielleicht taub blieb? Paul liebte ihre Hände, das hatte er mehr als einmal beteuert, obwohl sie daran zweifelte.

Würde er sich mit einer Hand zufrieden geben? Konnte er mit einer Frau, die ihn nicht hörte, leben? Und selbst wenn.

Sie könnte nicht mehr als Flugbegleiterin arbeiten, könnte kaum noch Dinge tun, die sie ausmachten. Sie war ein Mensch, der sich *manuell* verwirklichte.

Paul dagegen würde sogar im Rollstuhl nicht sein Wesen verlieren. Er bewegte sich sowieso wenig. Selbst die Bergsteigerei, die ihm etwas bedeutet haben mußte, hatte er, wie ihr schien, problemlos aufgegeben.

Wenn er mich wirklich liebt, dachte sie, ist er da, wenn ich ihn brauche. Jetzt brauche ich ihn, aber nur ein Wunder könnte ihn herbeizaubern.

Sie blickte zur Wand hoch, wo die Jungfrau Maria wasserfleckig an ihre Zuständigkeit erinnerte.

Nein, Wunder erlebten nur jene, die an sie glaubten.

Drei junge Männer schoben sich schüchtern in den Raum, verteilten sich entlang der Fensterwand und gingen in die Hocke. Sie lächelten Laura verlegen zu. Die Frau folgte mit einer dampfenden Schüssel. Laura zog ihre gesunde Hand zu einem matten Gruß unter dem Laken hervor.

Die Männer nickten.

Laura fragte sich, ob einer von ihnen ihre Finger geschient und wer ihr wohl die Sachen angezogen hatte.

Sie zeigte auf ihr Ohr und schüttelte den Kopf. Die Männer bewegten ihre Münder. Laura zeigte noch einmal und machte dann eine Schreibgeste in die Luft. Einer der Männer kniff die Augen zusammen und starrte auf ihre Hand.

Die Frau stellte die Schüssel ab und ließ sich neben Laura auf ihr Hinterteil plumpsen. Sie geriet aus dem Gleichgewicht und ihre dicken Beine gingen ein Stück nach oben.

Die Männer lachten mit zuckenden Oberkörpern. Die Frau funkelte sie empört an. Dann wandte sie sich Laura zu, zog die Schüssel heran und rührte mit einem Löffel darin. Schließlich begann sie, Laura löffelweise die Suppe einzuflößen. Laura genierte sich anfänglich, aber die Fischsuppe schmeckte köstlich.

Zwischendurch strich ihr die Frau das salzverklebte Haar aus der Stirn.

Laura fuhr mit der Zunge über ihre Lippen wie ein kleines Mädchen, das genascht hat. Sie übertrieb, um auszudrücken, wie sehr es schmeckte. Die Frau freute sich.

Laura spürte, wie ihr gesundes Handgelenk angefaßt wurde. Sie wollte die Hand wegziehen, aber der Mann hielt sie fest und legte den Kopf schräg. Sein Daumen rieb an ihrer Pulsader.

Laura sah das Bändchen. *All-inclusive.* Sie verstand nicht, warum ihn das Plastikbändchen so faszinierte. Der Mann sagte etwas zu den anderen beiden, und sie standen sofort auf.

Zu Dritt begutachteten sie das wertlose Bändchen. Auch die Frau hatte sich umgedreht. Verwirrt beobachtete Laura eine aufgeregte Diskussion. Der Mann, der ihr Handgelenk immer noch nicht freigab, zückte ein Messer. Laura sah entsetzt, wie sich die Klinge an ihre Haut legte. Sie warf sich herum, und der Schmerz trieb sie an den Rand einer Ohnmacht.

Dann war ihr Arm frei. Der Mann hielt das abgeschnittene Bändchen ins Licht und nickte, als hätte er endlich den Beweis für ein Verbrechen, in das Laura unwissentlich verstrickt war.

Er sagte noch etwas zu der Frau und verließ den Raum.

Man lächelte wieder in stiller Übereinkunft, aber Laura traute dem Frieden nicht mehr.

Die Frau wollte sie weiterfüttern.

Laura schüttelte den Kopf. Sie überlegte, was das alles zu bedeuten hatte. Warum brachte man sie nicht einfach in ein Hospital? Das Gesundheitswesen in Kuba gehörte doch zu den Dingen, die angeblich noch funktionierten.

War sie jetzt eine Gefangene? Eine Geisel?

Rechnete man damit, Kapital aus ihrer Notlage zu schlagen? Überall sonst schien das naheliegend. Aber doch nicht in Kuba. Hier kam man für das Töten einer Kuh genauso lange ins Gefängnis wie für einen Mord. Kommunistische Diktaturen hatten immer niedrige Kriminalitätsraten. Da kannte sie sich aus. Sie war schließlich selbst in einer aufgewachsen.

Nein, Geiselnahmen mit Erpressung waren in Südamerika an der Tagesordnung, in Nordafrika oder auf der Arabischen Halbinsel. Andererseits… Die Welt änderte sich gerade.

Die Frau guckte versonnen in ihre Schüssel. Schließlich fischte sie einen festen Brocken heraus und ließ ihn in ihrem großen Mund verschwinden. Dann lächelte sie hintergründig, als hätte sie eine plötzliche Eingebung. Sie fegte mit der flachen Hand über den Boden, griff sich ein Steinchen und ritzte etwas in den Zement.

Laura verfolgte das langsame Entstehen einer Buchstabenreihe.

T-i-b-u-r-ó-n.
Tiburón?

Laura grübelte. Die Frau steckte sich den Löffel in den Mund und nickte ernst. Laura kam das Wort bekannt vor, sie hatte es schon einmal gelesen, wußte aber nicht mehr, was es hieß. Etwas zu essen, wahrscheinlich. Die Suppe...

Die Frau wies stolz zu den beiden Männern, die sie reglos wie geschnitzte Ebenholzfiguren ansahen.

Vielleicht auch etwas ganz anderes. *Tiburón...* Das klang wie der Name einer Gottheit. Die Leute hier waren zwar katholisch, betrieben aber zugleich auch irgendwelche afrikanischen Kulte, von denen Laura keine Ahnung hatte.

Wo man auch hinkam, Götter, Heilige und Hokuspokus.

Wie sollte man das auseinanderhalten? Nichts davon konnte man wirklich sehen.

Laura hatte sich oft gefragt, warum sie so unempfänglich für übergeordneten Sinn war. Wozu man das im täglichen Leben brauchte. Man versuchte, schöne Dinge zu tun. Man nähte ein Kleid. Man kochte ein gutes Essen. Man tanzte und schlief miteinander. Nicht alles konnte gelingen, aber das, was gelang, ergab Sinn genug. Es war noch verständlich, wenn sich notleidende

Menschen eine bessere Gegenwelt phantasierten. Aber die Sinnsucher der eigenen Welt waren ihr suspekt. Besonders, wenn man sie im Ausland traf. In einem Aschram in Indien, an einem Strand in Thailand oder in einem Hochtal in Chile…

In Chile war sie mit Paul in eine ganze Kommune von esoterischen Sinnsuchern geraten. Sie hatten zuvor ihre Schwester besucht, deren Topographie der Liebe auf dem Weg nach New York in Santiago gerade einen Zwischenstopp einlegte. Sie waren auf der *Panamericana* nach Norden gefahren, schließlich auf einer Schotterpiste in die andine Hochwüste gelangt. In der Nähe von Vicuña sahen sie die ersten Hinweisschilder für angebliche Ufo-Sichtungen und die Anwesen mehrerer Sekten. Nirgendwo sonst war der Sternenhimmel so klar. Dreihundertfünfzig wolkenlose Tage im Jahr befeuerten gemeinsam mit unzähligen Sternschnuppen die Phantasie. Die Sinnsucher einer Sekte hockten unter Pyramidenbaldachinen auf weißen Plastikgartenstühlen und warteten. An Felsplatten waren Spiegel angebracht, damit sie von den Außerirdischen besser gefunden würden.

Paul interessierten die astronomischen Observatorien.

Laura suchte einen schönen Campingplatz und traf einen Deutschen, der sie auf sein Grundstück am oberen Elqui-Tal einlud, wo er mit seiner Schweizer Frau ein Adobehäuschen bewohnte. Eine Oase in der Wüste.

Ein glasklares Flüßchen rauschte über große, glatte Felsbrocken am Fuß einer steilen Bergflanke vorbei. Auf einer ungemähten Wiese standen Tipis. Ein Kräutergarten mischte würzige Gerüche in die stete Brise, die das Klima angenehm machte. Der Himmel war blau. Es hätte gereicht, sich an der Landschaft zu erfreuen.

Die Schweizerin erklärte Laura, daß sie an einem Buch über Schmetterlinge schreibe. Laura dachte an Naturkunde.

Die Schweizerin meinte, daß sie die Sprache der Schmetterlinge beherrsche. Nicht nur das, sie beherrsche die Sprache aller Dinge. Sie könne auch alle Träume deuten, und Menschen wären ein offenes Buch für sie.

Sie wirkte enttäuscht, weil Laura nicht nachfragte, was in ihr zu lesen war.

Am Abend fanden in den Tipis Meditationskurse statt, die von der Schweizerin angeleitet wurden und dubiose Leute anzogen.

Ehemalige Rennfahrer, Spieler, Steuerflüchtlinge und die Personalchefin eines großen Pharmabetriebes im Ruhestand. Laura ging aus Neugier hin. Sie war nicht so voreingenommen wie Paul, der abgewinkt hatte.

Während der Meditation konnte Laura die Augen nicht zulassen. Auf den Gesichtern der anderen lag beängstigende Leere.
Das sollte wohl auch so sein, aber Laura kam es vor, als säße sie in einer Runde von Gespenstern.
Nach einer halben Stunde stahl sie sich leise davon.

Vor ihrem Zelt am Fluß saß Paul und wartete auf sie.
Er zeigte ihr eine Gottesanbeterin. Das Insekt saß mit verbrannten Flügeln auf Pauls Campinggaslampe.

Laura versuchte, sich wieder auf die Gegenwart zu konzentrieren. Die Gegenwart fand für sie in Kuba statt und bescherte ihr Hilflosigkeit und keine neuen Anhaltspunkte über ihre Lage. Hitze waberte in den Raum. Es schien auf Mittag zuzugehen. Vielleicht bekam sie auch Fieber.

Die Frau schickte die beiden Männer weg und setzte sich in den Schaukelstuhl. Ihre Finger bearbeiteten einen Rosenkranz.
Sie schwang vor und zurück.

Die Monotonie des Schwingens besänftigte. Ihr Gleichmaß übertrug sich auf Laura und verdrängte ihre Gedanken.

Auch der Schmerz schien sich dem Rhythmus des Schaukelstuhls zu fügen.

Laura spürte, wie ihre Lider schwer wurden. Sie wurde in den Schlaf gewiegt.

Laura erwachte, als die Matratze angehoben und mit ihr hinausgetragen wurde. Das grelle Sonnenlicht blendete sie.

Es war, als triebe sie wieder auf den Wellen des Meeres. Sie hielt die gesunde Hand vor die Augen, um etwas erkennen zu können. Da war ein Hof im Schatten windschiefer Kasuarinen.

Eine Hecke aus Kandelaberkakteen schloß ihn nach einer Seite ab. Dahinter lag ein kleines Feld.

Das Häuschen, aus dem sie getragen wurde, war das einzige gemauerte und schien noch ein Rohbau. Daneben standen zwei palmstrohgedeckte *bohíos* im Winkel zueinander.

Der kümmerliche Hahn hockte auf einem Lattengerüst, über dem Fischnetze zum Trocknen hingen und sah ihr nach.

Die drei Männer und eine junge Frau schoben Laura mit der Matratze auf die Ladefläche eines alten Pick-ups.

Die Männer verschwanden im Fahrerhaus. Das junge Mädchen kletterte zu Laura auf die Ladefläche und spannte einen Schirm auf. Ihr Gesicht kam Laura bekannt vor.

Das Mädchen schwenkte das *All-inclusive*-Bändchen und lächelte. Der Schriftzug darauf war verwaschen, aber noch zu entziffern. *Marieta Quintero*.

Laura erinnerte sich der Worte des Mädchens, daß der Name genügen würde.

Dann fuhr das Fahrzeug an, und der Himmel drehte sich.

Félix sang aus Leibeskräften. Einen beträchtlichen Teil seines heroischen Liedgutes verlor er an den Fahrtwind, der durch die offenen Seitenfenster des *Lada* griff. Er kam Paul vor wie ein Mann, der mit einem durchlöcherten Sack Bohnen auf dem Rücken nach Hause rannte, in der Hoffnung, so am Ende einen Teller voll zu retten. Paul hoffte auch etwas. Nämlich, daß der Name des Taxifahrers sein Versprechen hielt. Sie würden Glück brauchen, wenn sie bei Félix' halsbrecherischem Fahrstil heil ankommen wollten. Anschnallgurte gab es jedenfalls keine. Paul schätzte Félix auf Ende Zwanzig und wünschte ihm, nicht ganz uneigennützig, daß er noch ein paar Jahre dranhängen konnte.

Am Flughafen von Varadero war Félix nicht einer von Tausend gewesen, und er hatte auch nicht *Ma Fräänd* geschrien.

Streng genommen war er so ziemlich der Einzige, der die Fahrt hatte machen wollen. Und das auch nicht sofort, sondern erst als Paul die Transportgebühr mehrfach erhöht und vor Félix' Augen mit echten Dollarnoten illustriert hatte.

Bevor sie sich auf den Weg machen konnten, mußten sie den nötigen Sprit auftreiben. Das stellte sich als zeitraubend heraus. Verschiedene Anläufe in Matanzas schlugen fehl, bis Félix eine Polizeistation ansteuerte. Paul ahnte Unheil und wollte sich schon aus dem Staub machen, weil er korrupte Machenschaften befürchtete, bei denen er festgesetzt und abgezockt werden sollte, aber Félix verschwand in einem Nebeneingang. Nach einiger Zeit kam er mit zwei vollen Kanistern wieder. Entweder beklaute er die Polizei oder es gab einen stillen Teilhaber.

„Warum Holguin?", krähte Félix am Ende des Liedes oder der Anzahl der Strophen, die ihm geläufig waren, herüber.

Sein Englisch rann aus demselben Bohnensack, den sich Paul gerade vorgestellt hatte.

„Meine Frau", rief Paul.

„Jede Menge Frauen in Havanna. *Jineteras…*" Félix deutete eine melonengroße Brust an.

Paul fiel auf, daß Félix den von ihm bevorzugten Phänotyp in Havanna und nicht in Varadero ansiedelte. Vielleicht spekulierte er mit der Abenteuerlust des männlichen Alleinreisenden. Wahrscheinlich aber schien ihm Havanna einfach ein lohnenswerteres Ziel.

Paul schüttelte den Kopf. „Holguin", sagte er mit Nachdruck.

„Ist sehr weit", meinte Félix, als untermauerte die Länge der Strecke berechtigte Zweifel. „Für eine Frau", fügte er hinzu. „Muß sehr schön sein?"

Paul holte seine Brieftasche heraus und zeigte ihm ein Foto.

Félix warf einen Blick darauf und pfiff durch die Zähne.

Dann taxierte er Paul. Er wandte den Blick wieder auf die Straße und schien nachzudenken.

„Kubanische Frau?"

Paul verstand nicht gleich, bis ihm aufging, daß Laura durchaus für eine hellerfarbige Kubanerin gehalten werden konnte.

„Money, money, mon*ey*...", summte Félix.

„Nein", sagte Paul. Was sich der Knabe einbildete! Der sah mit seiner Schiebermütze und dem fleckigen Feinrippunterhemd auch nicht gerade wie ein Märchenprinz aus.

„Sie ist reicher als ich", erklärte Paul. „In jeder Beziehung", murmelte er auf Deutsch.

Félix guckte irritiert. Wahrscheinlich klang das Deutsche in fremden Ohren wie Fluchen.

„Kein Problem, Compañero. Gibt mehr schöne Frauen als reiche Männer. Bleiben immer welche übrig."

Er lachte laut und langte auf die Rückbank. Dann reichte er Paul eine Thermoskanne.

Paul schraubte den Deckel ab und goß heißen Kaffee ein, was bei der schlingernden Raserei Konzentration erforderte.

Der Kaffee war stark und süß, genau wie es Paul mochte.

Sie teilten sich den Becher Schluck für Schluck, und es entstand jenes wortlose Einverständnis, das nur unter Männern möglich schien. Paul zündete für sie beide Zigaretten an.

„*Marlboro*", sagte Félix andächtig, und dann schwieg er für lange Zeit, während sich draußen die Landschaft abspulte.

Sie überholten mit Landarbeitern vollbesetzte Lastwagen, deren Räder in gefährlicher Unwucht eierten. Die Arbeiter standen so dicht und so aufrecht wie ausgebuddelte chinesische Tonkrieger.

Sie wichen mit Bauholz oder Ananas oder grünen Bananen beladenen Ochsenkarren aus. Die weißgrauen Zugtiere stapften friedfertig unter lächerlichen Jochs, die ihrer massigen Kraft spotteten.

Sie begegneten Fahrradfahrern und Fußgängern, die wie Äquilibristen unwahrscheinliche Lasten austarierten.

Verwaschene Schilder am Straßenrand priesen die Revolution oder verkündeten Durchhalteparolen. *Socialismo o muerto.*
La lucha continua. Der Kampf geht weiter.
Wofür oder wogegen auch immer.

Paul sah Zuckerrohrplantagen und Tabakpflanzungen und vereinzelte Ceibabäume.

Sie kamen durch weite Ebenen zwischen fernen Bergketten. Ab und an quälte sich der *Lada* einen Hügelanstieg hinauf, und das Motorgeräusch erinnerte Paul an die Zeit, da er selbst am Steuer eines solchen Autos gesessen hatte. Als Fahrer eines tückischen alten Oberst, der ihn während langer Dienstfahrten für die *Sache* zu gewinnen versuchte, deren Kollaps er später in einer Nervenheilanstalt nicht mehr bewußt erlebte.

Der *Herbst dieses Patriarchen* nahm den historischen vorweg, in einem Jahrhundert, das nicht nur aus der Jahreszahl verschwunden war, sondern sich für Paul auch vergangen *anfühlte*.

Sie hielten an einer Polizeisperre. Félix verhandelte mit den Uniformierten. Paul nahm an, daß es Geld kosten würde, sein Geld, aber Félix konnte irgendein Papier vorweisen, das die Fahrt autorisierte. Es war sein Land.

Die Fahrt ging weiter, nur unterbrochen von Pinkelpausen und kurzen Stopps an Obstständen und Kiosken, wo sie sich mit Proviant versorgten. Als die *Marlboro* ausgingen, stiegen sie auf einheimische *Popular* um.

Ihre Gespräche kamen Paul vor wie kleine Flußinseln im Strom des Asphalts, die der *Lada* gleich einem Rennboot passierte.

Eine versponnene Überlegung, die näher an die Wirklichkeit rückte, als Félix von seinem Cousin erzählte.

Der saß im Gefängnis, weil er in heimlicher und aufwendiger Garagenarbeit einen *Dodge* zu einem Wasserfahrzeug umgebaut hatte. Nach monatelanger Arbeit trug der *Dodge* einen Schwimmgürtel aus tragfähigen Blechtonnen, Ölfässern und Kanistern, waren alle undichten Stellen verschweißt und verlötet. Die Antriebswelle ließ sich nun an eine Schraube kuppeln, das Lenkrad bewegte ein Steuerruder. Im Unterschied zu den meisten anderen *balseros* würden Félix' Cousin und seine Freunde nicht den Launen der Winde und des Golfstroms ausgesetzt sein. Würden ihnen auch die Haie nichts anhaben können. Sie hatten es sich genau ausgerechnet.

Über die Straße von Florida, hin zu den Keys. Und von da nach Miami, wo es auch ein Havanna gab. Little Havanna.

Unbemerkt fuhren die Deserteure im Morgengrauen des Tages X
mit ihrem amphibischen Vehikel an einen Strand östlich des *großen* Havanna. Und dann ins Meer. Es funktionierte tatsächlich.

Kurz vor der kubanischen Zwölf-Meilen-Grenze, sie fühlten sich bereits wie Sieger, wurden sie von einem patrouillierenden Torpedoboot der Küstenwache aufgebracht. Sie mußten noch mit ansehen, wie ihr Konstrukt aus Bordgeschützen niederkartätscht wurde und in den Fluten versank.

„*Descarado*", fluchte Félix und faßte sich ans Kinn, um den Bärtigen anzudeuten. Scheißkerl.

„*Máximo Líder*", ermahnte ihn Paul ironisch.

„*Máximo Líder*", bestätigte Félix und lachte. „Jeder Tag meines Lebens… er da."

Félix plauderte über die bizarren Auswüchse der *Período Especial*. Paul hörte von gefälschten Nahrungsmitteln, wie den ungenießbaren Würsten aus dem Fleisch vergifteter Ratten oder den Käse-Imitaten aus geschmolzenen Präservativen auf Pizzas. Vom Überleben im *täglichen Nichts*.

Kurz hinter Santa Clara fuhren sie in die plötzlich hereinbrechende Nacht. Der *Lada* erwies sich als einäugig.

„No problem", meinte Félix, als Paul den kaputten Scheinwerfer auf der Beifahrerseite erwähnte. Er schnippte mit den Fingern gegen das Christusamulett am Rückspiegel. Der Gekreuzigte turnte ein paar Riesenfelgen an einem unsichtbaren Reck.

Paul starrte schweigend in den lichtschwachen Kegel, der auf die entgegenkommende Fahrspur eingestellt schien. Dort sah er Schlaglöcher wie Mondkrater. Auf seiner Seite sah er nichts.

Er bot Félix an, ihn abzulösen, aber der ließ sich nicht darauf ein und hielt die Geschwindigkeit bei.

Andere Fahrzeuge tauchten auf, oft gänzlich unbeleuchtet wie die Fahrradfahrer.

Manchmal standen Kühe denkmalsdumm in der Fahrbahnmitte, denen Félix mit abrupten Schlenkern auswich.

Pauls Bauchmuskulatur verhärtete sich.

Um Mitternacht zwang sie ein Reifenschaden anzuhalten.

Paul streckte sich und sog den schweren Geruch von Erde und Fruchtbarkeit ein. Zikaden zirpten. Es gluckerte verheißungsvoll. Fließendes

Wasser, dachte Paul. Vielleicht konnte man sich erfrischen.

Aber es war bloß Félix, der den Tank nachfüllte.

„Mußt mir helfen", befahl Félix. Er zeigte auf den platten Reifen.

„Okay", seufzte Paul und ergab sich einem stillen Fatalismus.

Félix hatte keine Taschenlampe, aber einen Wagenheber.

Einen Wagenheber mit defektem Gewinde.

Er schlug sich ins Gebüsch und schleifte nach einer Viertelstunde einen verkohlten Baumstamm heran.

„*Piedra*, *Stone*", keuchte Félix.

Paul machte sich auf die Suche.

Schließlich fand er einen Brocken, der groß genug schien.

Sie schoben ihn unter das Fahrzeug und probierten, den Baumstamm als Hebel einzusetzen. Es gelang erst, als sich Paul mit seinem ganzen Körpergewicht über den Baumstamm legte. Gemessen an der Dunkelheit, wechselte Félix das Rad in Rekordzeit. Wenigstens *hatte* er ein Ersatzrad.

Pauls Kleidung war danach völlig verdreckt und er schwitzte. Es war ihm mittlerweile egal.

„*El Negro*", kicherte Félix, sah aber selbst aus wie ein Dschungelkämpfer in Tarnfarben.

„*El Loco*", brummte Paul.

Félix holte einen Sanitätskasten aus dem Kofferraum.

Daß er so etwas mit sich führte, überraschte Paul.

Als Félix den Deckel öffnete, lag jedoch nur eine Flasche Rum darin.

„*Guter* Rum", sagte Félix und brach den Verschluß auf. „Export".

Paul hatte nichts dagegen.

Wieder auf der Straße steckte Félix eine Kassette ins Kassettenfach. Das Gerät leierte ein bißchen, funktionierte aber. Sie lauschten der Musik und hatten die Straße jetzt fast für sich allein. In mindestens jedem zweiten Lied kam *corazón* vor.

Paul entspannte sich.

Das Ganze wurde immer verrückter, aber auf einer anderen Ebene kam es ihm zugleich auch immer richtiger vor.

Wie ein Befreiungsschlag gegen den permanenten inneren Vergewisserungsnotstand, den er nur aufheben konnte, indem er *einmal* die Sorge um Laura ad absurdum führte und sich damit von seinen Zwangsvorstellungen erlöste.

New Yorks realer Schrecken war nur ein Vorwand gewesen. Und Laura hierher nachzustolpern, eine Flucht. Eine Flucht aus zu eng geknüpften Netzen der Vernunft.

Und wie würde es Laura erklären? Zu Hause, bei einem Glas Wein am Küchentisch und als redeten sie über einen Kinofilm?
Vermutlich reichte ihr ein Satz.
Du bist deinem Herzen gefolgt…
Oder so. *Corazón.*
Wenn er Glück hatte, und sie ihn mit Nachsicht behandelte.
In ein paar Stunden würde er es genau wissen.

Eine halbe Stunde hinter Holguin, schon auf dem Weg zu den Strandhotels, kam der *Lada* von der Straße ab und überschlug sich.

Er erlebte den Vorgang bei vollem Bewußtsein. Fühlte sich nur wie ein Würfel in einem Würfelbecher aus Blech.

Drückte während des Aufpralls gegen eine Bremse im Fußraum, die nicht existierte, was sein rechtes Fußgelenk schmerzhaft überforderte. Wurde dafür an die reale Existenz seines Schlüsselbeins mit einer vermuteten Sollbruchstelle erinnert.

Wie durch ein Wunder blieben sie bis auf ein paar weitere, unerheblichere Blessuren scheinbar unverletzt.

Paul schwoll ein Auge zu und nahm die Dinge nur noch wie durch ein umgedrehtes Fernrohr wahr.

Félix hatte einen Schneidezahn eingebüßt, saß auf dem Erdboden und starrte unverwandt auf sein Auto, das auf dem Dach lag.

Die Sonne begann gerade aufzugehen.

Alles wirkte sehr friedlich. Wie auf einem Stilleben.

Paul hielt einen Transporter an, der die Hotels belieferte.

Er nannte dem Fahrer Lauras Hotel. Der Fahrer sah, was los war und forderte sie auf, einzusteigen. Félix weigerte sich.

Er wollte bei seinem Wagen bleiben. Paul war zu schwach und zu abwesend, um ihn überzeugen zu können. Er drückte ihm nur noch sein restliches Geld in die Hand. Der Fahrer zuckte mit den Schultern. Paul stieg ein.

An der Rezeption herrschte Aufregung, als Paul stockend erklärte, wer er sei und zu wem er wolle. Er führte es auf sein Äußeres zurück. Ein paar Frühaufsteher in der Hotelhalle glotzten. Ansonsten dachte er nichts mehr. Es war gar kein so schlechtes Gefühl. Er hörte das Plätschern eines Springbrunnens und Geschirrklappern.

Der Hotelmanager eilte herbei und sagte etwas über eine Krankenstation und einen Arzt. Paul wollte keinen Arzt. Er wollte zu Laura.

Man ließ nicht ab von der Krankenstation. Paul verlor den Überblick. Sie gingen ihm bereits gehörig auf die Nerven.

Dann kam noch ein Mann. Der Hotelmanager redete heftig auf ihn ein. Der Mann trat an Paul heran und nahm seine Hand.
Paul ließ es geschehen. Vielleicht beschleunigte das die Sache. Der Mann sagte etwas, das wie unter Wasser gesprochen klang. Er verstand nur *Doctor Jiménez*. Der Doktor fixierte seine eine Pupille, das andere Auge war mittlerweile vollständig geschlossen. Dann nickte er und bedeutete Paul, ihm zu folgen. Paul tat es.

Sie gingen einen langen Säulengang entlang, an deren Ende der Doktor eine Tür öffnete. Da war ein Vorraum mit einer nackten Liege, Arzneischränken und einigen medizinischen Geräten.

Paul wollte sich schon umdrehen und zurückgehen, aber der Doktor öffnete eine weitere Tür und winkte. Langsam und auf Gummibeinen hinkte Paul näher. Das Zimmer lag im Halbdunkel und war recht groß. Paul sah mehrere Betten, aber nur eines war belegt.

Er trat am Doktor vorbei, der ihm ermunternd zulächelte.

Sein Auge mußte sich erst an das Zwielicht gewöhnen.

Und dann erkannte er Laura. Den Strahlenkranz ihrer dunklen Haare auf dem weißen Kissen. Schneewittchen...

Auf ihrem Nachttisch brannte merkwürdigerweise eine Kerze.

Einen furchtbaren Moment lang dachte er deshalb, daß sie aufgebahrt sei, ehe ihn eine Kopfbewegung Lauras erlöste.

Er taumelte zu ihrem Bett, unfähig etwas zu verstehen und unfähig etwas zu sagen. Glücklich.

Laura sah in das helle Rechteck der geöffneten Tür. Sie sah den Arzt, der stehenblieb, und dann den schwankenden Schattenriß eines Mannes. Der Mann kam ihr vor wie jemand, der gerade aus den rauchenden Trümmern seines bombardierten Hauses gekrochen war und sie um Hilfe anflehte.

Seine Kleidung war verdreckt. Das verschmierte Gesicht erinnerte an Paul.

Die Gestalt zwinkerte mit einem Zyklopenauge.

Das Auge weinte.

Das Auge Pauls.

Sie hatte keine Vorstellung, was passiert war und ob jemals wieder etwas so sein würde wie früher, aber sie wußte, daß er *jetzt da* war.

Als sie sich aneinander klammerten, roch sie den Geruch von Asche und Benzin, von Schweiß und Angst – ein Hauch wie von nahen Bränden...